保育教育現場と私の人生からみた教育改革

板倉妙
Itakura Tae

幻冬舎 MC

保育教育現場と
私の人生からみた教育改革

はじめに

私は団塊の世代、三十年以上の長きにわたり、自分の子供を生み育てながら、保育士（保母）として働き、五十五歳で早期退職。子供の保育、教育に携わった経験や自分の受けた教育（親から又学校での）、今まで歩んできた人生を通し、保育・教育について深い関心を持ち、自分の人生と合わせながら教育論としてまとめ上げたい気持ちになった。

十八歳で田舎を離れ、単身東京へ。集団就職、様々な出会い、夫との結婚、性格の完全な不一致に悩まされながらも、結婚生活は何とか維持した。今の若者だったらとっくに離婚していただろう。私の場合、そばに親がいて相談できなかった事もあるだろう。夫は内向的な性格だった。田舎育ちで無資格だった私が、子供と一緒に保育園に入り込み、保母見習いのアルバイトを始める。保育士の資格を取り、公立の保育所に就職。厳しい環境の中、家事、育児との両立を成し遂げる等、夫がいるがゆえに頑張れた事も多々あり全面的に否定もできない。これが結婚の醍醐味と思いたいところだが本当に厳しい、苦しい結婚生活であった。それでは私の人生について、又本を書くに至った経過も含め簡単に紹介しましょう。

私は、愛媛県の南予地方、高知県との県境北宇和郡三島村（今は何度かの合併の後、鬼北町になっている）、奥深い山村で生まれた。農業が中心、二毛作で米と麦、その他の野菜の栽培で生計を立てている。

昔は何をするにも手作業で、田畑を耕したり、田植え、稲刈り、芋掘りと、子供も加わり、家族総出で過酷な労働に携わるのが普通であった。

既製のオモチャはほとんどなく、山で木の実取り、川では魚取りと自然の中での遊びが中心であった。春はあちこちの田んぼではレンゲや菜の花が咲き、モンシロチョウが飛びかい、のどかな春に浸った。ランドセルを背負ったまま、どこかの麦畑に入り、ポツンポツンと不良な黒い麦（黒んぼ）があり、黒んぼ取りを楽しんだ思い出、遠い山に姉と二人で、ドンゴロスの袋を下げて、ワラビやいたんぽ取り（いたどりとも言い、皮をむくとそのまま食べられる）、高い松の木に登って「宿り木」取りも楽しかった。桃太郎のおとぎ話に出てくるような、その頃は、もちろん、洗濯機等ある訳がなく、木製の大きなタライで洗濯板を使って洗濯物を洗い、その後、竹製のザルに入れ近くの川に持っていき流水ですすいだ。水は澄み心地よかった。洗った後はしっかりしぼる。しぼり方が弱いと重くて持って帰れない。

私の幼い頃は、保育園もなく、幼児教育の経験もないままいきなり小学校に入学であった（同じ村でも、一ヶ所だけ保育園があったようだ）。私は集団生活になじめずよく泣いた。先生はとても優しくて叱る事はなく、私が泣くと六年生だった姉の所に連れていっては、しばらく落ち着かせ、又戻ってくるといった事が繰り返されながら、二年生になる。三年生にも姉がいたが、やはり上の姉の方が包擁力があったからだろう。

学校の近くに、先生方の集合住宅があり招かれ、家でできた野菜等を母が持たせ友達二、三人で遊びにも行った。先生はそんな身近な存在でもあった。

小学校の時、頭ジラミが流行し、校庭に全校生徒が並んで、先生がＤＤＴの白い粉を頭に一人づつふりかけ、みんなタオルをかぶって一日過ごした事もあった。

田舎は塾もおけいこもなく、家の手伝いに明け暮れ、少しの時間姉妹や近所の友達と山、川で遊ぶが、親に追いたてられる事もなく、手伝いのない時は遊びに夢中で家で勉強する事は余りなかった。夏場の夜、ホーキ草を持って長靴をはき、川べりで大勢の親子の中に混じってホタルを取ったこともなつかしい。暗やみの中水面すれすれに飛ぶホタルを追って危うく川に落ちそうになったこともある。

今考えると本当に自然の中でのんびり楽しい遊びをたっぷり経験できた。家で飼育していた動物達との触れ合いも、動物への興味・関心だけでなく優しさや思いやり、いたわりの気持ちを育んでくれる大きな力になったように思う。私の生まれ育った自然の中での自由・のびのびとした遊び環境、今では考えられないような生活、その中でも、父母自身、慣れない農業、厳しい労働や子育て、親戚、近所との付き合い等難しい環境に置かれながらも、誠実な愛教育を貫き通したすばらしさに、何物にも代え難い私への教育プレゼントと思う昨今である。

十八歳で家を出て、遠く離れた場所で、親孝行も充分してやれず、父が他界した後の母の老後は、遠く離れた子供達とも会えず寂しい日々だった事だろう。

時折帰省すると、年老いてもテレビの国会討論をよく見ていた。母も父と肩を並べる位の賢い母であった。何よりも、母の行動力は父に充分優っていた。肝っ玉母さんだった。

農業も母親としても百点満点の母だった。両親の後ろ姿から今の私の、教育への執念があると思っている。両親の愛教育に近づくべく常に自分に鞭打ち、励ましながら生きている。

子供時代、私は大きな自然の中でのんびり自分の思い（好奇心）を押さえられる事もほとんどなく真にこの言葉通りの感性を身につけていったのである。

「子どもたちが出会う事実のひとつひとつがやがて知識や知恵を生みだす種子だとしたらさまざまな情緒やゆたかな感受性は、この種子をはぐくむ肥沃な土壌です。幼い子ども時代は、この土壌を耕すときです」

（『センス・オブ・ワンダー』レイチェル・カーソン、１９９６年、新潮社）


私は六人姉弟で育ち、五番目の女の子、下が弟で長男である。弟は待望の男の子でとても大事に育てられた。上二人の姉を除き、みんな高校を卒業した後、集団就職で主に京阪神方面に就職、弟は一年位して実家に帰り、農業をしながら建築業に携わり、結婚して増山家の跡を継いでいる。四番目の姉Aも田舎で結婚し他の姉は大阪に二人、滋賀に一人と、姉妹バラバラになっている。私は一度関東方面で就職したがその後大阪に落ち着く。


昭和四十六年、二十二歳で結婚、夫は山口県出身、同じ団塊の世代である。

子供を保育所に預けるのがきっかけで、保母見習いとして働き始める。

この時から、保母（保育士）の資格を得る為の勉強、挑戦が始まる。慣れない仕事、子育て、家事をこなしながらの挑戦であった。

まずは保母の国家試験、難関はピアノだった。触れた事もない楽器に慣れるのは時間を要した。疲れて仕事から帰ると息つく暇もなく、夕食の準備、夕食を済ませ子供を寝かせるとさすがに疲れて、ウトウトしながらも後片付け、子供のバインダー（ノート）をチェック、寝るのはいつも十二時を回っていた。

日曜日は翌週一週間分の食料買い出し、もちろん家事、育児が伴う。

そんな中、ピアノの練習に充てる時間はほとんどなかった。家に小さなオルガンを買って、ちょっとした時間も練習した。それでも、自分のオルガンで練習できる事がとても嬉しかった。こんな厳しい環境の中、四年目で念願の保母資格を手にした。この後、二人目を出産、十年がかりになったが短大の保育科を卒業、幼稚園教諭の免許も取得、事後になったが、あこがれの羽織、袴姿で記念写真を撮った。自分にとってこの写真は、感激、感動の思い出の一枚である事はいうまでもない。

この頃教育に関してもっと勉強したいと思うようになり、四年制大学の通信で教育学部三回生として編入学したが、段々と仕事も責任ある位置に置かれ、体力的にもしんどさがあり、途中退学となる。夫は家事にも育児にもあまり協力的でなく、仕事に忙しく早くから夜遅くまで働き、過酷な労働を強いられていた。そういった理由もある。

私は夫のＤＶや職場の人間関係に悩まされ精神病を発症した。公立に入って七年目位であったように思う。この後何度か病気を繰り返し、医者からも仕事が合わないからやめた方が良いとまでいわれながら、どうしても続けたかった、やりたかった仕事。その上家での子供達の学費や家のローンの為働かざるを得なかった部分もある。五十五歳で思い切ってやめた。夫もその前に退職しており、この後はのんびり田舎ぐらしや海外旅行も楽しんだ。

私がやめて夫と大きなトラブルになり、半年ばかり別居、私はこのトラブルが原因で病気を再発。愛媛県大洲市にある精神病院に入院、夫もひとりの生活でうつ状態になり、精神科に通院し始めていた。子供達は夫の私に対するDV的行為に離婚を勧めた。子供達の反対もあったが私は夫を放っておけず、又いつまでも田舎にいる場所もなく、大阪に戻り、夫との生活を始める。夫は仕事の関係から腰痛を患い、運動も余り出来ない状態で、通院していた。運動不足からコレステロール値が高くなり、又薬を沢山服用して手足がふるえたり薬物依存傾向にあり、あちこちの病院にお世話になっていた。平成二十五年、夫は他界、死因は心不全であった。六十五歳の若さであった。

亡くなった翌年、私は四国のお遍路の旅に出る。一年がかりで結願した。当時の私六十三歳。最後の高野山参りはドシャブリの雨の中だった。次の年から絵画教室、お習字教室とお花に通い始めた。三教室、月に七日程度であったがお弁当持ちの所もあり忙しかったが楽しかった。

展覧会がどの教室も年に一、二回あり、展覧会に向けた絵を描くのにも忙しく楽しかった。そんな中、テレビで文学学校の事を知り入学する。文学は昔から機会があったら書いてみたいと父母からの思い出の手紙等残しており、かすかな夢でもあった。新聞の広告で五～六年前他の会社の資料取り寄せもした事があった。この会社は単なる自分史の制作で全国版ではなかった。

文学学校の皆さんは文学においては力量揃い。私は本も保育に関する専門書やエッセイ程度しか読んでおらず、討論はとても活発で自分に対して自信はなかった。順番に一人、月一回程度原稿を出して、皆さんに読んできてもらい、意見を出してもらうわけだが私は、自分の原稿を書くのがやっとで、他の方の原稿の意見等言える状態ではなかった。色々なおけいこ事で忙しくじっくり読む時間もなかった。先生は全員に意見を出させるようにされていて、言わない訳にいかない。私も一生懸命通学途中電車の中でまで読ませて頂き、少しづつ意見も言えるようになってきていた。佐伯先生のクラスだったが、私の原稿への評価をとても高くして下さり、自分では思っても見なかった評価に自信を得た。私の書く意欲に大いに役立ったように思う。今ここに、執筆活動を継続しているのは、この文学学校の佐伯先生及び同クラスの方々の刺激や指導に他ならない。執筆力には個人差があり私は短期間だったがとても勉強になった。私は人に聞くよりも自分で考える事が好きなタイプで早期に退会した。

昨年令和三年（二〇二一年）十一月秋、寝屋川市民ギャラリーにて個展を開いた。絵を始めて七年目、水彩、油彩、水墨画、絵手紙たくさんの方に観て頂き大盛会に終わる。まだまだ上手とはいえず自分でも満足に至ってはいない。教育論を書くにあたっては今後も引き続き精進していきたいと思っている。

私は心理学が好きで、ユングの教育論を引用させて頂いた。

特に専門分野である幼児期の教育の大切さ、「自分で考え行動できる子供」に育てる事が、大人になっても好奇心、向上心を持ち、前向きに生きていける大人につながるという事が、自分の教育、保育の経験や生涯学習等を含めた自分の人生から学び、教育論としてまとめあげた。

これからどんどん破壊が進むであろう日本の自然にストップをかけ、大切に守り、教育にとっていかに自然が大切かを、又自然を生かした教育こそがひいては日本の繁栄に大きく寄与する事をレイチェル・カーソンの言葉を借りて、又自分の経験を通じて確信しながら。

目指せ黄金の国ジパングを

日本は黄金の国ジパングと呼ばれた時代があった。今も、意味、内容は違っても日本は黄金の国である。すばらしい景観、四季があり、四方を海に囲まれ漁業資源も豊富、狭い国土で鉄鋼石、石油等の資源は乏しいがこのすばらしい環境資源を大切に第一次産業を活発にし、食物はもちろん、四季折々の草花等の輸出も盛んにしていく。又材木や竹製品等で細かい物を作り、自然に優しい製品をドンドン生みだした貿易も考えていく。ファッション界をリードする方法もある。原綿を輸入し、その後はすべて自国で織って縫って仕立てて売る。もちろん自国で綿を生産し昔のように作る事を優先させる事も大事である。今の日本は他国に任せる時代は過ぎた。まず自国の日本人が豊かに、又日本人の発想も大切に、荒れた農地も耕さなければならない。農業は心をきれいにする、とても大切な仕事である。

海を汚す原因である原発は人体にも良くない。地震国日本では原発はいつ爆発し汚染につながるかわからない。また、使用済核燃料の保管場所の問題等も含め大きな危険をはらんでいる。きっぱりとやめる事だ。日本の一番の財産ともいえる、日本列島の環境汚染につながる。なぜこれがわからない！　日本の政治家よ。もう自動車や電化製品の輸出で稼げる時代は過ぎたのだ。徐々に舵取りの切り替えが必要ではないだろうか？

一億総活躍といいながら国民ひとりひとりの活躍の場が一向に見受けられない。掃除・洗濯のみで後はしゃべりまわって遊んでいる専業主婦が都会ではなんと多いことか。

手先の器用な日本人。もっと洋裁、編み物、刺しゅう等、女性も手先を使った仕事を与える事でこのような姿は見られなくなる。脳の活性化につながり認知症の予防にもなる。昭和の後期、デザイナーがたくさんデビューした頃、先日亡くなった森英恵さん等はヨーロッパにも劣らないファッション界のリーダー的存在だったが、最近のファッションを見ると、本当に単調な物になってきている。昭和の時代は色彩やかなファッションが店先にもあふれていたが、最近の流行の洋服等を見ると、本当に誰がデザインしたのかと思うようなファッションばかりに出くわす。生地についてもよくないペラペラな布である。電車の中での女性のファッションを見ても黒っぽい沈んだ色彩や縞柄が多く目につく。これは感性の衰えからきている。美しい花柄等ほとんど見られない。ファッション界にいるこういう仕事の人も感性がなくなってきているのだろうか？　私は三、四十年前の衣服も気にいった物は家に保存し、必要に応じて着用している。これらの服と比較すると、昔のファッションと今のファッションの違いが一目瞭然である。私が輸出例を挙げたのはほんの少しである。木製、竹製のオモチャ等も器用な日本人には作れるだろう。お酒、和菓子、等々、工夫すればいっぱい出てくる。今もすでに行なわれているきれいな海での魚介類や美しい真珠等の養殖、これは汚れた海では絶対にできない。原発で、また基地を広げてこれ以上、海を汚してはいけない。

これ迄後進国の指導という名目で日本から中国、韓国その他の国々に指導、金銭や多岐に渡る援助をしてきた日本だが最近では日本を追い越し電化製品や衣類等もメイドインチャイナ、メイドイン韓国や東南アジアの国々が日本を追い越す迄に成長してきた。

今後は援助よりも日本の独自性を発揮し、メイドインジャパンを取り戻していかなくてはいけない。輸出につなげられるようにする事が日本の経済活性化につながる。近年デパートなどで余りにも輸入のものが多すぎるのにびっくりする。このように情けない日本になってしまっている現実を日本の政治家はどう思っているのか？　どう把握しているのか？　日本人の器用さ、頭の良さ、センスの良さはどこに行ってしまったのか？もう外国の援助よりも自国優先で借金大国からまた国民の働く意欲のなさから脱却せねばならない。

最近、安倍前総理大臣が銃撃され尊い命をたたれた。人の命は尊い。このような事故は、安全、平安を誇りとする日本にとって、あってはならない出来事である。

その事に関し、最近、早々と国葬を打ち出した自民党であるが、決議の仕方が最近取りざたされている、議会制民主主義の破綻と言われても仕方がない決定であった。

これは日本の国会で討論すべき大問題だ。簡単に自民党内閣の閣議で決定するような軽い問題ではない。野党全党が反対、野党というのは一党一党全部考え方の違った党という点を重視しなければならない。それ等の党が全部反対しているのに耳も傾けず勝手に国葬を決定してしまう。こんなに軽い決定の連続で汚点だらけの今の日本がある。今後総理になった人は全部国葬にするのか、又これ迄の総理経験者の中にも今回の国葬を基準にすると、国葬に値する人が何人もいたのではないか？　国会は本来それぞれの政党や議員が自由に意見を表明し、討議を得て妥協点を見出していく場ではなかったか？

大部分の法案は無修正で与党だけの議論で国会を通過している。ただ数の力だけで、今の自民党は審議なしの、内閣の閣議だけで決定している。本当に狭い範囲・狭い人間の中での決定である。

こんな中で良い案が出てくるだろうか甚だ疑問である。

国民の中にもおかしいと思っている国民がたくさんいるはずだ。国会で審議し討論の様子を見て、聞いて納得させていただかないと国会議員としての役割は果たせていないと思う。私もその一人だ。ここ三十年、ゼロ成長、大きな改革もなく、日本に進歩は見られず、後退現象の方が多い。今迄稼いでこられた企業の貿易収支の黒字も段々減り、借金大国、大事な教育改革も、原発事故の後処理も充分でないまま、又次々と稼働されようとしている。今後日本の財政状況が良くなっていくという保障はない。そんな中でも巨額の国民の税金を使って国葬を続けていくのか？

私が国会議員はいらないといった良い例が又出てきた。最近の情報なので、あえて取り上げた。

目　次

私の古里での幼き日の思い出

前文でもあげたが、私は一九四九年、四国、愛媛県の南予地方、高知県との県境に位置する、山深い三島村で産声を上げた。

古里の光景を思い浮かべながら、私の生まれ育った頃の美しい三島村を紹介しよう。

四方を山に囲まれ、段々畑があちこちに見え隠れする。四万十川の上流で、その枝流である広見川が流れ、水はとても澄み、ハヤと呼ばれる小魚が水面スレスレに群れをなして泳ぐ姿が目にとまる。

川の岩場には、黒い大きな川ガニ（田舎では、ツガニと呼んでいる）が岩下に潜み、時折岩から出たり入ったりと小刻みに移動している。人が近づくと、あわてて岩の中に隠れてしまう（このカニは、ゆでると真赤になり美味で、食用にされる）。時々、オレンジ色をした口ヒゲの長いオコゼが「自分がここにいてるよ」と存在を主張するかのように、川底から水面に浮かび上がってくる。黒白まだら模様で頭でっかちの「ドンコ」は石や川底の色によく似ていて、外敵に見つからないように、保護色で身体を隠し、しっかり自分を守っている。形がグロテスクで、とても愛嬌のある魚である。

今も古里の川には、こんな、川魚達の様子を見る事ができるだろうか？

川は潰されて、岸がコンクリートで固められたり汚染により汚れて濁り、魚達が生息できない環境になってしまっているのを冠婚葬祭等で時折帰省してみると寂しくなる。

童謡『故郷』を口ずさみながら、古里への思いを巡らしている。

生家は、村を入ったところS集落の中程の高台に一軒建っている。ちょっと離れているが隣はお寺で、お盆等にはよくお盆行事の金だいこの音等が聞こえてくる。念仏の音である。お寺にも同じ位の子供がいてよく暗い本堂にまで上がって遊ばせてもらった思い出がある。この住職さんには奥様がいなく男手一つで三人の子供を育てながら檀家を守っておられた。野菜作りも上手で落花生等一般的に作らないような珍しい野菜をいただいた。

私の実家は、昔は大地主で、たくさんの山や田畑を持ち、蔵をかまえ、暮れになると、小作人が年貢米や小作金を持ってこられていたのが記憶に残っている。玄関の向かい側が白壁の大きな蔵になっていた。蔵は簡単に開けられないように、重い二重ドアになっていた。蔵の中に入ると、すぐ向かい側が米俵を入れる大きな倉庫、入ってすぐ右側が二階に登る階段になっており、階段を登った所には、大きな取り立て帳らしきものが幾重にもぶらさがっていた。中は電気もなく薄暗く、特に二階は西側に小さな明かり取りの窓があるだけだった。

父と母はもちろん見合い結婚で、母は、三つ位村をまたいだ遠方からの嫁入だった。母の実家は精米業を営み、かなり裕福だったようだ。母は四人姉妹だが上二人の姉は、本家の上と下に分家として婿養子を取って住まわせていたようで、こういった中でも裕福ぶりがうかがえる。嫁に出すのは、母のすぐ上の姉と母だけで、とても心配で大事にされていたようだ。母は嫁入修行として、個人の医者の家にお手伝いさんとして入り、料理はもちろん、家事全般にわたり学んだようである。

母の結婚の時の荷物はすばらしかったと、親戚の者から聞く。着物類はすべて京都からの取り寄せ、立派な桐のタンスが蔵の二階の奥に置いてあった。義母のタンスが下にはあり、気兼ねで出せなかったのか？　大事にしまってあったのか？　それはわからない。

母はいつも父親につけてもらった「豊子」という名前について誇らしげに「父親がたくさんの米俵にもたれて考えてくれた名前だ」と話していた。

母は結婚時、遠い道のりを、どのようにしてやってきたのか？　当時は電車、バスもなく、私は今頃になって、もっともっと母から聞いておけば良かったと残念でならない。歌に出てくるような金蘭どんすの帯をしめて、馬に乗った行列を相像して楽しんでいる。

母の父親は少し小柄だったが賢くてよく働き者だった。話によると、四国八十八ヶ寺巡りを、歩いて一人で七回も廻ったと聞く。

祖父はよくホゴ（ワラで編んだ大きなカゴ）を天秤のように肩にかついで、中には取れ立ての野菜や干物（宇和島が近いので海の幸も豊富なのだ）、祖母の手作りのまんじゅう等をたくさん入れて、山を幾つも越えてやってきて、父母や私達を喜ばせてくれた。

この母方の実家である井川家は四国八十八ヶ所の札所、四十一番龍光寺、四十二番仏木寺が近くにあり、お遍路の道に属し、周りの方達と一緒にお接待もされていた。

私はそのお接待の心である「おもてなし」等人への接し方等多岐にわたって母から学んできたように思う。

井川家の祖母は「〇〇小町」と皆から呼ばれた程の美人だった。面長な顔でとても大きな耳をしていたのが印象に残っている。私の耳はその遺伝子を受け継いでいる。

父方の増山家は、祖父は村会議員もしたりして、村民の信頼も厚かったようだ。家の沖の間と呼ばれる部屋には、この祖父が議員さん達と袴姿で、神社の境内で写した写真が、ずっと飾ってあった。祖父は愛人を作り、正妻とは別居して、正妻は心労もあったのか？五十代の後半に亡くなっている。私が生まれた時には、この増山家の祖父母はすでに他界していなかった。会ってみたかったと思う。

父方、増山家の父の姉妹は同じ村内で結婚していた。父のすぐ上の姉は優秀で師範学校を卒業し、学校の先生になっていた。あの田舎の山の中から、どのようにして師範学校に行かれたのだろう。父はこの姉をよく慕っていた。父も頭が良くて、とても字が上手で、難しい言葉で手紙を書き、今であれば他の職業の選択肢もあったように思う。なぜ師範学校に行かなかったのだろうか？　長男としての仕事、責任で行けなかったのだろうか？

父は子供の教育への関心は高く、私が働きながら、通信教育で短大を卒業した時には、男泣きして喜んでくれた。教育については又後で触れたい。

私は、増山家の五女として生まれる。父は警察官で、この山の中から出て、松山近くの三机という所で、駐在員として勤務していたようだ。

写真から見ると、父は体格も良く、とても格好良いおまわりさんだった。白の夏服で警棒を持った写真からの想像である。これは私が生まれる前の事で、私が生まれた時は、田舎に引き上げて農業を始めていた。

終戦により、農地改革法で不在地主となり田畑を没収されそうになり、急きょ警察官をやめて実家に戻り、本格的に農業を始めたようだ。

まだこの頃は男女の差別が大きく、増山家には三人の女の子しか生まれていなくて、こちらに戻って次々と母は出産するが、四女、五女（これが私である）と続いて女の子の出産だった。

私が生まれる時には、今度こそ男の子と思い込み、また女の子とわかると落胆し、名前を考える元気もなく……。

そんな両親の様子を見て、お祝いに来た父の叔母が「可愛そうに、この子に早く名前をつけてやってくれ」とあわれんだりしていたそうだ。寒い冬の朝だったという。

これから三年後、六番目にしてやっと男子誕生！　増山家の喜びようはいかばかりだったか計りしれない。

家の横でどこからも見える広い畑に、切ってきたばかりの長い青竹の棒につるした大きなまごいのぼりが五月になるとがゴーゴーと音を立てて泳いでいた。

これは増山家だけでなく、近隣に、男子が出産した事を知らせる為の物でもあった。このこいのぼりを下ろすと、大人が何人でも入れる位の大きな口のものだった。毎日上げたり下ろす際には畳んだりしていた母の姿が目に浮かぶ。

弟の誕生により、両親の関心はいつも弟に向くようになった。私は、ある程度放任的に、自由にのびのびと育てられる。親の期待は、弟に集中していった。この時私は少々焼きモチもあったが、今になって思うと、気楽に、自由に飛びはねさせてくれた環境に満足している。親には大事にされ、女の子ばかりの中の男の子で、弟はたくさんの姉達に面倒を見てもらい、世話を焼かれちょっとかまわれすぎのところもあり、良かったか悪かったか？　時にはお人形さん代わりにスカートをはかせて手をつないで広い家の中を走り回ったりして遊んだ事も……。

父母が山仕事に行っている時、火のそばで遊んでいて、私達が面倒を見ていた訳だが少しだけやけどをさせてしまいひどく叱られた事もあった。

他のきょうだいは、よくけんかもしていたが、私は弟と年齢が変わらず負けるといったあきらめや気の弱さもあったのか、きょうだいとのけんかはほとんどなかった。姉達からいわせると要領が良かったともいわれるのだが、幼かった私には、そんな要領の良さはなかったように思う。

私の生い立ちとくらし (I)

私の幼少期、幼稚園や保育所等の幼児教育の施設はない。

自然の中で、野山を駆け回り、家で飼育されていたヤギの乳しぼりやヒモで引っぱって草のある所に連れて行き食べさせたり、ウサギのエサを探してきてやり、庭に放して追いかけたり、小さなウサギの子供が生まれ抱っこしたり、猫は姉妹で取り合って抱いて寝た。いつか母の布団の中で猫が出産していた事もあり、猫は本当に身近な存在の動物であった。

母屋の横に大きな牛小屋があり、二階は収穫後の稲のワラが積み上げられ、常に梯子で登り降りできるようになっていた。

このワラの中で猫は子供を生む事が多かった。か細い声で「ミャーミャー」と泣き声が聞こえてくると、父母が子猫が生まれている事に気づき、私達に教えてくれる。親猫に見つからないように、そっと子猫の様子を姉妹で順番にのぞきに行く。目が見えなくて、フラフラしながら寄り添って、温もりを共有し合っているような子猫達、少し日が経ち大きくなると触れたり、抱っこしたり……。黒猫、白猫、みけ猫の毛は色とりどりで一度に五、六匹は生まれる。「この猫がいい！ いやこの猫が可愛い」ときょうだいで自分好みの猫を選んで抱いたりして、子猫との触れ合いを一瞬楽しんだりした。親猫は触れられた様子を敏感にキャッチし、居場所替えを始める。一匹づつ首の所《あたり》をくわえ、ぶらさげながら、私達に見つからない次の場所へ！ 子猫の泣き声で又探し出し私達が遊び始め、これの繰り返しの中で子猫は大きくなる。ある程度大きくなると近所にもらわれていくが、残ると、縄《わら》船に乗せられて川に流される。その中には少しばかりの煮干し等のエサが入っていた。可哀想な瞬間でもあった。

ニワトリは二階建ての大きな飼育小屋を作り、たくさん飼っていた。ニワトリの卵は貴重なたん白源で、卵を生んでいるかのぞき込むのが楽しみであった。雨の日には、エサと糞の入り混じった独特のにおいがした。ニワトリは時々小屋から出し、庭で放し飼いにするのだが私は顔の見分けができるようになり、あれこれ言いながらニワトリの様子を話すと、母はびっくりしていた。

他に牛、豚、犬等も家で飼われていた。母の豚飼いの大変な様子もしっかり頭に残っている。

父や母は裕福な家庭で育ち、苦労のなかった子供時代から一転！　たくさんの田畑や山を持たされ、不慣れな農業での生計を立てねばならず、六人もの子供をかかえ、現金収入は肥料代等を差し引き米を売ったお金のみという厳しい生活が始まる。当然私達子供も同じように、金銭面でも厳しい生活を余儀なくされた。

服は姉の古着は当たり前、靴下までツギの当たったものをはいた。食べ物は麦の多く入った麦ご飯、家で取れた野菜中心で、肉や魚は高価で食べられず、お盆、お正月、お祭り等の節目の祝い事の時に限られた。

近所の人は、飼育しているニワトリを殺して肉を食べたりしている家が多い中、我家もニワトリを飼っていたが、父親が、可哀想で殺せず、飼育しているニワトリを食べる事はなかった。私達きょうだいはこの厳しい貧乏生活の中から、色々な事を学んだ。特にどんな物も無駄なく大切に使える、節約の精神が身についたように思う。

逆に、今までそのように節約ばかりの生活だったので、買いたい、やってみたいといった衝動にかられ、今は一度しかない人生、したい事をして謳歌して終わりたいという気持ちに変化してきた面もあるが。

私の生い立ちとくらし(II)

家の入口を入った所は、広い十二、三畳の庭になっていた。庭の奥の方には、大きな木製の大きなムシロ折り機が置いてあり、雨の日や寒い冬になると、この機械の出番で、ムシロ折りが始まる。ムシロは収穫した稲（モミ）を干したり、その他豆、お茶等を干す。子供達は、この機械の横に並ぶように座り、ぎこちない手つきで縄をなう。右足の親指と人指し指に、結んだワラをはさみ編んでいく。手が段々に慣れてくると、編み始めより早くなめらかに編めるようになっていた。姉妹で競い合ったり、見せ合ったりしながら、楽しいひと時でもあった。

母屋の横には、駄屋と呼ばれる牛小屋があった。二階は、稲の収穫後のワラが積み上げられていて、常時梯子から上がれるようになっていた。私達も時々この梯子を登り、狭い明かり取り用の窓から、小さく見える外の家や山々等の景色をながめたものだった。

牛は黒牛で、世話は父の役目だった。

畑や家の周りに生えている草や田んぼで収穫したレンゲと収穫後のワラを小さく切って混ぜ合わせ、餌として与えていた。下敷きは、ワラを、二、三十センチ位に切り、使っていた。糞や尿で汚れた物は、小屋の横に廃棄場所があり、そこにクワでかき上げていつも山積にされ、これが田畑の作物の肥料になっていた。

昔は耕運機はなく、牛が、その役割を担っていたのだ。牛の後方に、スキといって、土をすくう大きな器具をつけ、牛が前に進み引っぱる事で、土がすくわれ、耕されていった。田植え前の時期には、父と牛が泥まみれになって、広い水田の中を行き交う姿が、田舎ならではの、のどかな光景だった。

私は田植えの経験もある。みみずをつぶしたような小動物は、ヒルと呼ばれ、水の中に入るとピタッと足にくっついて、血を吸う。

余り痛みはなかったが、いつの間にか足のふくらはぎあたりにくっつき、血が流れていた。これが子供心に恐かったのを覚えている。

田植えは、隣近所と助け合って、日にちを調整して、行ったり来たりして行なわれていた。日程が早目に決まっており、雨の日も関係なく、「今日は○○の家の田植だ」と言いながら、父母は出かけていった。雨の日はワラで作られたミノ（今でいう合羽）を身体にかけ、頭はツバの広い葦で編んだ帽子をかぶっていたように記憶する。

父母はよその家にお手伝いに行くと、帰りには、おやつに出される菓子パンを、もらって帰る。その頃は、菓子パンも珍しい食べ物できょうだいで二、三ケを分け合って食べた。

戦後、しばらくして、遠くの場所に、広いはげ山を二つも買い、父母は何度も足を運び植林や下刈りに追われていた。下刈りは夏にまで及び、場所が遠いので、疲れて汗だくになって帰ってくる。長い鉈のようなカマを持って行き来していた。私達も、遠くの山についていった事もあった。山には竹ヤブがあり、破竹取りやいたんぽ（イタドリ）を見つけ、皮をむいて食べた。帰ると、父、母も私達も疲れて、みんなで着のみ着のままの格好で昼寝。こんな繰り返しの中で家族の絆が生まれていったように思う。

姉とのワラビ取り

山を幾つも越えて、このはげ山に父母と一緒に行っている内に、私達は道を覚え、姉と二人で行けるようになった。ドンゴロスといって、大きめの糸を使ってザックリ編んだ大きな袋を一つずつ持たせてもらい、ワラビ取りに行く。片道二時間はかかっていた。着いたら母の手作りのおにぎりを食べる。柔らかい、首を曲げた出たばかりのワラビを見つけると心が躍る。一面下刈り後の枯草ばかりの中、枯草を踏み分けながら、次々と取ったワラビを、ドンゴロスの袋の中に入れていく。斜面場では枯草にすべってころんだり、大きなヘビやマムシ（子供の頃はヘビかマムシが区別がつかなかったのだがきれいなヘビだなあ程度）がチョロチョロと飛び出し恐い思いもした。いつの間にか袋の中はいっぱいになる。袋を持ち上げようとするが、重くて帰れる自信がない。姉が自分の方に多く入れて軽くしてくれたりした。行きはヨイヨイ、帰りは恐い！

途中から段々重くなり、ドンゴロスを引きずったり、休んだり……の繰り返し。

途中、大きな松の木の宿り木を見つけ、松の木に登り始める。松の木というのは枝を切り落としてあり、上にならないと枝がない。足をかける場所がなくても、スルスルと器用に木登りができた。

これは、私の特技？ 保母時代も子供達の前で、登り棒や竹馬に乗ったりして、私のオテンバぶりを発揮して見せた。

宿り木というのは、高い場所にしか育たない小さな青い実で、美味しいものではないが、ガムのような感触が楽しめた。上に登って松の木の細くなっていく枝に足をかけ、つかまりながら宿り木の枝を手を延ばして折る作業が大変で、手足が震え、こわい経験であった。親がそばにいたら、こんな危険な体験は決してできなかった事だろう。やっとの思いで宿り木をつかんで、松の木からスルスルと下に無事降りてきた時の達成感は格別であった。こうしてワラビ取りの長〜い一日が終わる。

母はたくさんのワラビを見てびっくりしながら頑張ってきた事をほめてくれ、それがとても嬉しかった。

家の裏には、畳七、八畳はあった広い池があり、片隅に大きな平たい岩が太めのクイに支えられた形で置いてある。岩の上には盆栽風に格好良く、立体的な岩が乗せられたり、盆栽用の苔やユキノシタ等の小さな日陰の草花が植えられ、子供心にも父の感性に触れ、共感を覚えたりしたものである。この岩は鯉の為に置かれたもので、下を大きな色鮮やかな鯉達が、出たり入ったりしていた。鯉は、かなりの年数を経過しているように思われた。

昔は水道もなく、自家製の水道として山の奥からのきれいな水を引っぱって使っていた。チョロチョロ水なので雨が降るとすぐにつまり、父はよく石ころや落葉のつまり等を見に山に水を通しに行っていた。日常生活にはこれだけでは足りず、結構この池の水を活用していた。

大きな鍋、釜もここで洗っていた。お米粒等が鯉の餌になっていた。この池には、鯉だけでなく、カエルやイモリもたくさん住みついていた。人が池のそばに行くと、それをすず早くキャッチし、警戒して、次々と音楽を奏でるように、ポチャン、ポチャンと連なって池の中に飛び込んでいった。池の周りは草ムラになっていて、このカエル達がどこに隠れているのかわからない。色は土の色に少し黒い斑点があり、アカガエルと呼ばれている。何十年も経った今でもこの音が目をつむると聞こえてくる。

カエル以外に、池の中には赤い腹をした真っ黒なイモリも住んでいた。イモリは、いつもは池の底でじっとしているが、時折水面に出てくる。この時、赤いおなかをくゆらせながら上り出てくる姿に存在感を誇張しているかのようで、あどけない可愛いさを感じさせられた。一匹ではないので、池に行くと、いつもこのイモリ達が交互に水面に上ってくる、こんな姿を見る事ができた。離れて見ると愛嬌すら感じる生き物だが、背中のブツブツや真っ赤なお腹を近くで見ると、気持ち悪くて触りたいとは思わなかった。しかし、長年離れていると愛おしく愛着を感じ、都会の家で飼ってみたくなっていた時期があった。

この広い池の上に竹で棚を組み、白や黄色、紫と三色の藤を垂らし、池の水面にこの花がうつり込み、とてもきれいであった。父はこれを久しぶりに都会から帰省した私達に見せるのが自慢で楽しみでもあり、帰るなり池に案内されたものである。

私達が子供の頃は子育てと農作業に忙しく、こんなゆとりの時間はなく、これはある程度子供達が巣立ってからの話である。

父は男性には珍しく繊細で感性が豊かで、植物を愛し、色とりどりの花が咲く樹木を広い庭の周りや裏、池の周りとたくさん植え、私達の目を楽しませてくれた。盆栽作りも趣味の一つでツゲ、アスナロ、モミジ、サツキと色々な形に剪定して楽しんでいた。帰省した時、夫がアスナロを剪定し、切り過ぎて枯らせたエピソードも残っている。剪定も難しいものである。

三輪車が出回り出した頃、家は貧乏で買ってもらえず、父手作りの木製三輪車が登場した。大木の丸太を切り、これが車輪になる。木の股をうまく使って、これに三つの車輪をつけ座席用の板を乗せ、三輪車の完成である。

家の前は急な坂になっており、三輪車に乗って降りようとして、道を越えて段差の大きい前の畑に三輪車ごと落ちた事も何度もあった。手作りのモロさで車輪は取れグチャグチャにつぶれても、又父が根気よく車輪を取り替えたりして修理の繰り返しだった。上の姉達の話を聞くと、若い頃の父は結構厳しくて、よく叱られた話をするが、父が年を重ね子育ての経験もあるからか、私にはゆったりと優しく関わられた思い出しか残っていない。お正月には、子供達と一緒にトランプをしてくれたり、クリスマスには、小さなゴムまり一個、小さな羽子板等のささやかなものだが、父母がそっと、私達の寝ている枕元にプレゼントを置いてくれたおかげで、私達はずっとサンタクロースの存在を信じていた。母が男性のような気性でかかあ天下的存在だったので、その分父はこのような気持ちのゆとりができたのかもしれない。母も、姑が元気だったら、父の前に出られなかっただろうが、姑がいなくなり段々と強くなっていったように思う。

家は二毛作で、春に稲を植え秋に収穫をする。その後は麦や小麦等を植える。農協が精米所になっていて収穫した小麦は粉にしてもらって、小麦粉として使っていた。家の周りは畑、裏は段々畑になり、季節毎の色々な野菜がいつも植えられ、私達の食料になっていた。母はスイカ作り、マクワウリ作り、カボチャ作りが得意で、スイカは成長が早い為、毎朝毎晩のぞきに行き、熟したかどうか、人差し指と中指を使ってコンコンとたたいてみて、音によって熟し加減を判断していた。

畑からニコニコしながら、大きなスイカをかかえてくる長靴をはいた母の姿もたくましい。

取ってきたスイカは、早速、池に浮かべて冷やされる。池にポッカポッカと浮かぶスイカの下を鯉がゆっくり泳ぐ。とても風情のある光景だったと思う。母屋の横に蔵があり、この間は広い通路になっていて風がよく通り、夏場はみんなが寛ぐ場所になっていた。広い台が置いてあり、夏場は涼しいので、ここで家族みんなが食事をしたり、スイカ等のおやつを食べたりしたものだ。この台の事を涼み台といっていた。

収入源は米だけでなく、椎茸、栗と広げられる。

私の生い立ちとくらし(Ⅲ)

家の右横に椎茸の小さな乾燥小屋が建てられた。前後するが、山の炭焼き小屋の近くにある、クヌギ、ナラの木を切り、椎茸の栽培が始まる。一メートル位に切った原木に椎茸菌を入れていく。菌の入った原木は、縦に向かい合わせて交互に並べられる。この状態で、何ヶ月か寝かしてからの収穫である。

春と秋の雨が多い時期が収穫期である。

時々、成長ぶりを見に行き、椎茸の傘が開ききらない時がベストな収穫時期である。私達も収穫期になると、椎茸をもぎ取る作業を手伝わせてもらった。椎茸は大事に扱う事を教えられながら……。カサが割れたりちぎれたりすると、売り物にならないからだ。

収穫した椎茸は家に持ち帰り、この小屋の中で乾燥させる。練炭と炭を起こし、上に広い木枠の網をぶらさげ、網の上に椎茸を並べる原始的な方法での乾燥であった。木製の小屋の為この時は椎茸の香りがまわりをおおっていた。今は椎茸専用の乾燥機があるようだ。

栗拾い

たくさんの畑の中で、遠い場所に栗の木を植え、栗が収穫できるようになると栗も出荷するようになったが、父は余り大量に作る事はなかった。仕事が多くて手がまわらなかったのだろう。少しづつなので遠くにいる娘や親戚に分けると、余り収入源にはならなかったようだ。栗を拾うのは楽しいがトゲトゲしたイガに触れ痛い思いもした。母の作るくりご飯（赤飯の中に入れる）が美味しかった。

写真屋さん

昔はカメラもなく、写真は村で一軒しかない写真屋さんに何かの節目の時来てもらい、撮ってもらっていた。大きなカメラや三脚を持って背広を着た、とても品のある優しい声の人だった。恥ずかしがり屋の私は、写真屋さんが来られるといつも嫌がり、泣いて家の裏に隠れたりして、母や姉が追いかけてきて説得するが、写真に入らない事が多く、そのせいで私の写真は少ない。

行商のKさん

近くに衣類関係の店はなく、宇和島から大きな風呂敷に包んだ衣類を背負って、Kさんという人が商いに来られていた。

Kさんはいつも家の中には入らず、外側から障子を開け沖の間に荷物を畳の上におろし、おしゃべりを始める。その内に風呂敷を開けて、中から色々な衣服が並べられ、母は手に取りながら品定めを始める。Kさんはうちにどんな子供がいて、どんな物を買ってくれるか予想がつき、品物を選んでくるようだ。洋服だけでなく、浴衣や小物等も頼んでおくときちんと持って来てくれていた。

布団の布地や靴下等よく注文していた。

秋祭り

秋には賑やかなお祭りがあった。地域の大きな祭りで、神社からみこしがくり出す。この神社は河内神社といい、主祭神は天照皇大神で大国主命やスサノオノミコトを近隣が合祀して祭ってある。「牛鬼」と呼ばれる魔除けの大きな竹製の鬼で、青年団の若者が、七、八人でかつぎ地域中をねり歩き、各家に向って止まりながら牛鬼の頭を突き出し厄払いをしていく。家のずっと下の車道からなので、ちょっと距離はあったが、牛鬼の顔を家に向けはやし立てられると、あわててのし袋に入れたお金を道路まで持って走り手渡す。

この祭りはとても盛大で、親戚もたくさん呼んで、砂鉢料理が何皿も並び、又母手作りの羊かん、寒てん、豆フも並ぶ。いつも手作り羊かんは空豆をゆがいて石うすでひいて、それを時間をかけて煮つめる、手間のかかる仕事であった。寒天は赤、青、黄色に染められていた。山菜料理や赤飯、ちらし寿し等も加わる。

砂鉢の中味は、新鮮なお刺身、カマボコ、揚げ巻き、タルト、タコやイカ、フカの酢の物等、母の手作りの羊かんや寒天等日頃食べられないご馳走でいっぱいであった。父の姉妹は同じ村内だったのでよく来られたが段々疎遠になっていった。母の方は遠くなので、どうしても人数が限られたが、親戚が飲んだり食べたりしながら、話が弾んで親密さが深まり、家族の様子、仕事の様子等お互いの家庭での話をし合い、良い交流となっていた。

途中で帰る人には、これらのものを折り箱に詰めて持ち帰ってもらったり、来られなかった親戚には、同じようにその日の内に折り箱に詰めて手分けして配られ、親戚との交流をとても大事にしていた。

川遊び

近くにはあちこちに川があり、幼い頃よく川で遊んだ。長い柄のついた網とバケツを持って魚取り。ガラス製の楕円形の瓶を魚の群がっている場所にそっと置きこの中には餌になるようなミソ小魚を入れておく。これを仕掛けというのだが、時間を置いて時々見に来ると中に魚が一匹でも入っていると嬉しくて、ワクワク心も弾んだものだ。

遅くなったが、私のきょうだい関係に触れよう。

二番目の姉は幼い時に脳膜炎を患い、その頃は手に入りにくかった氷をたくさん使って頭をずっと冷やした話等親子共に大変だったと聞く。上二人の姉は、私と十歳以上も離れており、私が物心ついた時には家にいなかった。長女は妹・弟の子守り、厳しい農作業の手伝い、父母に代わって家事もしなければならず、この生活に耐えられなくなり、両親の高校進学の希望をよそに、大阪に行ってしまう。母はいつも、この年齢で高校にも行かさず、親から離れさせた事を悔み、よく私達に話していた。

二番目の姉は、中学校の裏に定時制高校があり通っていたが、卒業には至らず、長女を頼って大阪に出て行ったようだ。昔は田舎で高校に行くのにも、現金収入がない中大きな出費で、私の同級生でも、高校進学したのは三割位だった。不便な場所の為、授業料以外にバス通学の為のバス代も要したからだ。

私はそういった訳で、長女、二女と一緒に生活した経験はほとんどない。お盆やお正月には帰省して、短い期間ではあるが、一家団らんの時を持つ事はあった。姉達は、時々私達を宇和島の賑やかな商店街に連れ出し、家で買ってもらえないような色鮮やかなハンカチ等を買ってくれ、私はこれを大事にしまい、出したりしまったりして、嬉しかった事を記憶している。

私と山等に出かけるのは、いつも三歳上の四女A姉だった。年が近いので「アッチャン」と呼んでいた。

私が早生まれの為、この姉とは、高校も一年間一緒に通う事になる。

私は下の弟とも三歳違いだが、余り記憶がない。弟とはこんなにも関わりがなかったのかと思う。弟との思い出は一つだけある。私の時にはなかった保育園が近くに開園し、私がお迎え時間に保育園に行くとオルガンの音が流れてきてずっと聞いていたかった事。帰りの道で弟が『ぞうさん』の歌を歌って聞かせてくれると、とてもうらやましい気持ちになった。その後弟が何回か歌うのを聞きながら『ぞうさん』の歌を弟と一緒に口ずさむようになっていた。

まだ書き残しは多々あるが、幼少期で記憶も薄れてきている中、ここで筆を置きたい。

小学校生活と遊び

いよいよ小学一年生

一九五五年四月、私は村立三島小学校に入学する。母は蔵のタンスから着物を出してきて、サッサと慣れた手付きで着物を着る。

小学校まではかなりの距離があり、子供の足だと三、四十分はかかる。

母に手をつながれ、広見川を右手に添った道を通って足早に小学校に向かう。

田畑には菜の花、レンゲの花が咲きモンシロチョウが飛びかう。距離にして三キロ位だっただろうか？

学校の校門をくぐり校舎近くの右横手には、二宮金次郎がたき木を背負い本を広げて見ている銅像があった。その周りを囲むように大きなセンダンの木が何本か植えてあった。

長い廊下伝いに進むと講堂があった。中に入ると、窓ごしに満開の桜の木が見え、私達の入学を祝ってくれるかのように咲き誇りすばらしかったのが記憶に残る。

私は二月生まれで、まだ六歳になったばかり。幼児教育等の集団生活の経験もないままの入学であった。

私の担任は、T先生。我家の近くにお住まいがあり、両親とも知り合いで、安心感はあったのかもしれない。

初めての集団生活、私は登校拒否に近い状態で、毎朝家を出る時からよく泣いた。泣いているのを見かねた近所のおばさんが、まん丸の大きなアメ玉を私の口に入れ「泣いたらいけんぞ」「早う行き」と少しきついが優しく声かけしてくれた。

私は学校でもよく泣いた。T先生は泣いても叱る事なく、いつも優しく接してくれた。時には、六年生の三番目の姉の所に連れていき、落ち着いたらまた教室に戻らせたりする配慮もあった。

私は勝気な性格で、図工の製作等でハサミを使ったりすると、自分は経験した事がなく、周りの友達がスイスイとこなしているのを見て、悔しくてできない歯がゆさもあり又泣き出す。他の地区には保育園のあった所もあったので、ハサミを上手に使える子供もいたのだ。

このような手のかかる新入生だったが、いつも優しく対応してくれる先生のお陰で、私の感性は壊されず、今につながっているのは両親や先生方のお陰だろう。

野菜作りと並行して母は花作りが好きで、よくシャクヤクの花等を切花にして学校に持たせてくれた。T先生は子供のいない先生だったので、学校の子供達をその分特に大事にしてくれたのかもしれない。

二年生頃には、学校にもすっかり慣れて先生の手をわずらわせる事も少なくなってきていた。担任はK先生で、慣れるまでしばらくは時折泣いていたようだ。この先生は忘れ物等には厳しく、男の子でも頭にリボンをつけ廊下に出したりしていた。この先生は四年生でも担任だった。三年生はM先生、残念だが余りに記憶がない。

五年生はK先生、初めての男性の先生であった。この先生についても余り記憶がない。顔だけはしっかりと覚えているのだが。

六年はI先生、この先生は隣村のお寺の和尚さんであった。姉達もこの先生に担任してもらっていて、母は心安かったように思う。

昔は成績が良かったら、年度末に賞を頂けることになっていて、私は初めて、この先生の時に佳良賞という賞をもらった。図工も「カンナ」の絵を描いた時十点満点をもらい、とても嬉しかったのが記憶に残っている。私はこの先生の評価により、勉強の意欲につながり、中学校では引き続き高成績を収めるようになっていた。

先生の評価はこんなにも意欲を引き出すものだという事、本当に先生という仕事は子供の人生を左右する位の大きな力を秘めていると痛感する。

小学校になると行動範囲も広く活発になり、友達との遊びも多くなっていった。春、麦畑の中黒んぼ取りをした。黒んぼというのは、麦の中に所どころ黒い色の穂をした麦があり、これを探しては引き抜いて集める遊びで、学校の帰りにランドセルを背負ったままこの麦畑に入り、麦の迷路をくぐり抜けながら、友達と黒んぼ取りを競い合う。

迷路を出た所で「これだけ」「これだけ」と黒んぼの束を差し出し見せ合い、どっちがたくさん取れたか競い合った。

今考えると大人にはそんなにおもしろい遊びとは思えないが、子供にとっては広い麦畑の迷路の中を自由にかけ回り、時々見え隠れしながら、その探す過程や友達に負けたくないといった競争心、この中に子供の遊びの魅力があったのだろう。

今ではなかなか見られない菜の花畑やレンゲ畑だが、昔はほとんどの家の田畑には植えられていた花だった。菜の花は咲いた後実ができたのを、そのまま枝ごとムシロに干して乾燥させた後、ムシロの上に置き木製の面の広いツチのコでたたいて実を出す。この実は、ゴマの実位の小さい実であったが、これを根気よく続けて実を集め、製油してくれる所に出していたように思う。

またレンゲは、家で飼育している牛、豚、ヤギ等の餌として植えられ、レンゲのピンクと菜の花の黄色のコントラストは美しく、春の風物詩でもあった。広大なレンゲ畑の中で、かわいいレンゲの花をいっぱい摘んで、首飾りや髪飾りにして遊んだ。レンゲ畑の中に寝ころんで空をながめる。真っ青な空の中を飛行機がヒコーキ雲をくっきりと残して去っていく。

寝ころんで起きると、その場所だけレンゲが倒れ、ぽっかりと身体の形を作り出していた。

どこにでも見られたこのような田園風景は、都会では特に見られる事はない。寂しい限りである。私は、このような自然たっぷりの中でのんびり育った事に、この年齢になってほんとうに有難さを感じている。

これは自慢話ととらえないでほしい。教育論に帰るととても感性が豊かで、想像性に富み、どんな事にも興味関心を持ち、好奇心旺盛で、絵を描き、書道を楽しみ、お花を生け、歌も歌う。又文学学校で学びとても充実した現在を過ごしている。もちろん、幼少期のこのすばらしい環境だけとはいえない。父母のＤＮＡや自分の今迄受けた教育もあるが……。でも私にとってやはり一番影響が大きいのは、この幼少期のすばらしい環境（自然、人的、社会的）の中で育った感性だといつも思っている。

いろり

茶の間と呼ばれる、家族団らんの部屋には大きな「いろり」があった。灰の中には冬はいつも炭が赤々とおきていた。天井からぶらさげられた自在カギには、大きな黒ずんだ手さげ鍋がかかり、ぞうすいと呼ばれるおかゆを家族みんなですすった。中には小麦粉団子やさつま芋、里芋、大根等季節の野菜がたっぷり入り、とても美味しかった。

このいろりは炭だけでなく、小さめに切ったマキ等も燃やす。この為中の高くなっていた天井は、煙でくすぶり黒光りしていた。

炭焼き

父は炭焼きをしていたので、少し遠くの山奥にも一緒に連れていってもらえた。山に着いた所は、一面のミツマタの木。春には一面黄色のきれいな花が咲いているのを見る事ができた。このたくさん枝分かれした五十センチメートル位の高さの木は、木の皮が紙幣の材料になる。

ここからまだしばらく斜面を登りながら進む。杉の森を通り過ぎると雑木林に入る。ここが父の炭焼き場所である。私は炭焼きよりも高い上にぶらさがっている「アケビ」

に目がいく。まだ青い実やちょっと熟しかけの半開きの実、もうパックリ口を開けて白く長細い実をのぞかせている熟した実とアケビの熟し加減がわかる。このアケビは余程山奥でないと見られない珍しい木の実で、見つけた時はとても嬉しかったものである。

アケビはツル科の植物で、春に咲く花はとても可愛くて美しい。アケビは高い場所にある植物なので花も余り目に止まる機会がなく、私も最近京都の寺を散策してアケビの花を知った。

父が炭焼きに関わっている間、私は山の中をあちこち歩き「お猿のこしかけ」という本当にお猿さんが腰をかけられるような、白い大きな固いきのこを見つけ、はしゃいだりした。炭焼きの技術も難しい様子で教わる人がいないので、うまく全体に火がまわらず部分的にしか炭になっていなかったりと、子供なりに父の試行錯誤しながら炭焼きに没頭する姿を感じとったものである。

稲刈り・取り入れ

秋、野山も色づき木の実も食べ頃、家の前には大きな柿の木があり、きょうだいで木登りして取って食べた。木を登ると蔵の屋根につながっていて、屋根に渡って見晴らしの良い場所で柿にかぶりついた。父はこの柿の木に接ぎ木をして、一本の木から、冬柿、次郎柿と色々な種類の柿が取れるようにしていた。柿は種類により早生・奥手に分かれ熟する時期が違う。その頃の田んぼは一面の黄金色、稲をたくさん作っていたので取り入れはとても忙しかった。

家族総出の刈り入れが始まる。

今のように稲刈機はない。すべて手作業である。みんな一丁ずつ、先がギザギザになった稲刈ガマを持ち、一斉に稲刈りが始まる。

刈った稲は何株かずつ重ね、束にして置いていく。時折バッタやカマキリが飛び出してきたりネズミの巣を見つけはしゃいだりするのも楽しみの一つだった。

刈り終わった所から、稲を干す竹の棒と長いくいで稲木を作り稲をかけて、当分の間日光干しして乾燥させる。何日もかけての稲刈りが終わると次は乾燥した稲を「背負い子」に乗せて、高台にある自宅に運ぶ。これが一番大変な作業だった。背負い子にたくさん乗せると重くて子供には運べない。量が限られている。重みで肩に背負い子のヒモがくい込みそうになりながら長い斜面の道を何度も何度も往復した。これが何日も何日も続き本当に重労働だった。脱穀機でモミだけにし、これを広い庭いっぱいにムシロを広げ、モミを何日も干し俵に入れて蔵の中にしまっていた。

椎拾い

裏山には大きな椎の木が何本もあった。布製の小さな袋を持って椎拾いによく行った。木の種類により、ドングリに近い大きい実、長細い実、まん丸な実と形も色々であった。拾って帰ると袋から出し、水洗いした後フライパンで炒って食べる。口の中でかむと皮と実に分かれ、皮だけ出して実を食べた。山栗拾いや山モモ取りも楽しかった。

芋掘り

秋、段々畑では、さつま芋の収穫が始まる。長く伸びたツルをまくり上げて芋の株のを探し出し、ツルを切り、芋が掘りやすいようにする。その後一株ずつ順に芋掘りが始まる。時々芋にクワの先が当たり、芋が割れて白い顔をのぞかせる。この時出る芋の汁は白いが段々黒くなり、手や服につくと汚れが取れなくなる。

この後掘った芋を家に運ぶのが又大変な作業であった。ドンゴロスという目の粗い袋に芋を入れて、背負い子に乗せて、自宅まで運ばなくてはならない。家に運ばれた芋は、しばらく自然乾燥させた後、二つの場所にある芋坪に入れられる。芋坪は玄関の入口のすぐ横に大きな防空壕のような穴が掘ってあり、大人が何人でも入れる位の大きな穴であった。もう一つの場所は南側の縁側の下にあった。乾燥させた芋をこの二ヶ所に分けて一年間貯蔵し、人の食料や動物の餌として使われる。芋の上には寒さで腐らないようにする為かモミガラがかけられて芋が表に出ないようにモミガラでおおわれ時折湯気のようなものが出ていた。

雪遊び・スキー遊び

南国なのに、山間部の為、雪が深く、お陰で雪遊びもいっぱい経験した。広い庭に一面の雪が積もると姉弟と一緒に雪合戦をしたり、雪だるま作りを楽しんだ。手が冷たいのでフーフーと手に息をふきかけながら、大小様々な雪だるまが庭に並んだ。雪に地面の土がくっつきそれが雪だるまを土色にして土模様の雪だるまもあった。カマクラらしき物も作ったが余り大きい物は難しく作れなかった。

畑道の斜面を使ってスキー遊びもした。兄弟だけでなく近所の友達、近くのいとこも来て、とてもにぎやかなスキー遊びだった。青竹を半分に割って作ったスキー靴は前の部分で足が止まるように、竹を火であぶり曲げてカーブさせ、簡易のスキー靴になっていた。

まず、道の雪が積もっている所を、みんなで足で踏み固めると、スキー場ならぬスキー道の完成である。順番にこのできたばかりのスキー道を竹製のスキー靴ですべっていく。スキー場と違って狭い崖道で、右側はちょっとした崖になっていて、踏みはずすと落ちてころぶ。みんな慎重にならざるを得ない。でも時々スキー靴と一緒に足を踏みはずして落ち、雪まみれになり尻もちをつき止まる。ころんでもころんでも楽しくて、寒さも痛さも忘れ繰り返される雪すべりだった。夕方になり帰る頃には身体中ずぶぬれになり、でも楽しい一日でみんな満足した表情で家に帰る姿があった。

中学時代　生活とくらし

中学校までは、小学校の倍以上の距離だったので、自転車通学となる。

中学校は給食はなく、お弁当持ちだった。野菜の煮物等がおかずで、いつも質素なお弁当だった。大体は麦御飯に煮干しの骨を取り、しょう油で抄り煮したり卵もあったが、きょうだいが多い為、卵は毎日入れてもらう訳でもなかった。卵の入った日はごちそう気分で、とても嬉しかったのを覚えている。

英語を教えていたZ先生に、私は恋をした。初恋の経験だった。

大柄で、渥美清にそっくりな先生だった。包容力のある、いつもにこやかな先生だった。私は、英語が得意だったこともあり、よけい英語が好きになったように思う。この先生の事はずっと心に残っていた。先生と生徒、気持ちを打ち明ける事はなかった。この気持ちは相手の先生に通じていただろうか？

相変わらず家の手伝いに駆り出され、余り勉強した訳ではなかったが、成績は良い方で、中学になると中間テスト、期末テストの度に全学年三十番までの名前が貼り出されたが私は高順位に入る事が多かったように思う。

実技の体育や家庭科は余り得意ではなかった。家庭科で浴衣を縫う時があり、宿題として持ち帰ると、母は夜一生懸命縫い直してくれ、「姉妹の中で一番お前が不器用だ」と小言のようなグチのような言い方をしながらも疲れた身体で一生懸命手助けしてくれた。

確かに他の姉達は、大人になってもとても器用で洋裁でも和裁でもこなしている。運動会では、走るのが速くて一番だったりしたが、他の運動は余りできず、体育の成績は良くなかった。自分では経験不足から来ているように思うが、恐がりの所があり跳び箱も苦手だった。大きくなって跳んでみると簡単に跳べた。早行きの事も影響したようだ。

水泳は、学校の近くの川であった。石がゴツゴツしてあちこちにあり、それでも少し遠浅になっている広い場所があり、そんな場所での水泳の授業であった。私は、姉達のヨレヨレの水着が恥ずかしくて嫌で、あれこれ理由をつけて、水泳の授業に参加しない事があった。

私は、中学校でも余り友達関係が広がらなかった。おとなしくて自分を充分出せなかったのと、家の手伝いに追われ友達と遊ぶ時間もほとんどなく、姉弟との関わりが主であったせいもある。

学校の勉強についていけない同級生Hちゃんがいて、私の家で冬は座敷の火鉢で手を温めながらずっと勉強を見てあげていたのは思い出にある。

近所の二歳下のSちゃんとは、学校から帰ると背負い子をしょって、三、四十分はかかる山へ杉葉拾いによく行った。枯れた杉の葉を拾い集めて持ち帰り、お風呂のたきつけに使う。帰ると母が、「よくがんばったね」とほめてくれるのが嬉しかった。これはかなり長い期間続いたように思う。

中学三年生になると、進学コースと就職コースに分けられる。授業の科目が変わる。田舎なので、高校はバス通学になり、その上授業料もいる為、この頃の進学率は三〇パーセント位で、後の子は京阪神方面に就職する子が多かった。

私は先生に宇和島にある有名な進学校をすすめられたが、寄宿せねばならず費用がかかるので、近くの高校を選択するしかなかった。上二人の姉達が高校に行っていない事もあり、両親は私にだけぜいたくさせられなかったのだろう。

高校はそういった訳で、バスで三十分位の所にある県立のK高校に入学する。この学校は農業科、食品科学科があった。

高校を卒業したら就職と言い渡されていた。

クラブは花卉クラブに入り、苦手な運動部にも入らず、のらりくらりとした高校生活に終わったように思う。やはり人間、目標がないといい加減な日々を過ごしてしまうのかもしれない。クラブは楽しかった。T先生という農業科助手の指導員の方に、色々な草花に出合わせていただき、「グロキシニア」という花も初めて知った。家に持ち帰り、とても大事に育てたのを覚えている。

三年生になって、就職、進学コースに分かれた。私は就職コースを選択となる。田舎には、塾等おけいこ事をする場所もなく、NHKのラジオのソロバン教室で、ソロバン二級までの免許を取る事ができ、母がよくほめてくれた。簿記の授業が科目の中にあり、私は事務員になろうとこの時は思っていたように思う。事務の仕事がどのような仕事かもほとんどこの時には細かい理解ができていなかったように思う。

高校での思い出がこんなに少ないのは寂しい。みんなはお小遣いをもらって、学校の帰り、回転焼きの店に入って食べたりしていたが、私はお小遣いもなくまっすぐ帰るしかなかった。成績も実力が充分発揮できず目立って上の方ではなかった。私の高校生活は今思うと不完全燃焼で終わったように思う。でも人生にはこういう時期も大切だ。私は詰め込み教育でないこの高校を出て、のんびりゆっくり自分のしたい事が出来た中で今の人生があり、これで良かったと思う。

いよいよ　社会人！（関東に集団就職・大阪で事務に）

三年間の高校生活はアッという間に過ぎ、私は社会人になろうとしていた。両親のすすめで、私は田舎の銀行を受験するが、見事に不合格！　両親は近くで就職して欲しかったようだ。上の姉達はみんな、家を出ていったので、私だけはそばに置いておきたいという気持ちが強かったのだろう。

田舎での就職は本当に難しい。何しろ職がほとんどなく、狭き門である事はいうまでもない。

私が次に受験したのは、神奈川県川崎市にある、東芝トランジスタ工場で、ここでの就職が決まった。この頃の東芝は景気が良く、東芝日曜劇場等のテレビでは提供番組もあり、コマーシャルにもよく登場していた。集団就職で、徳島に集合し、ここから飛行機で東京へ、といった羽ぶりの良さであった。飛行機の中ではまだ半分旅行気分で初めて乗る飛行機に気持ちが高まる。でも夜間飛行だったので外はほとんど見えなかった。

家を離れ親を離れ、初めての社会人としての生活の始まりである。

環境の変化によりいっぱい不安をかかえ、精神的なストレスからか私は顔中に突発性発疹ができ、なかなか治らず病院に通ったこともあった。関東の地に初めて足をつけ、あこがれの東京の近くという事で好奇心はいっぱいであった。

私達の住む寮は、神奈川県川崎市中原区の南加瀬という所にあり、田んぼの中に木造の寮がポツンポツンと建てられ、数は覚えていないがかなりの軒数であった。一軒の収容人数は、二、三十人位のように記憶する。

寮の入口を入った所は寮母さんの家族部屋、その隣は指導員のIさんの部屋。その隣は集会所となっており、テレビが置いてあり自由に観る事ができた。又ガス器具も整っており、自由にお鍋を持っていき、夜食等が作れるようになっていた。たくさんの人が集まり歌番組を一緒に共感しながら見たりする事もあった。寮生の団らんの場となっていた。寮の裏には広い卓球室もあり、暇な時は、よく卓球もした。十分位歩くと、夢見ヶ崎公園という大きな公園があり、よく指導員のIさんが公園に連れ出し、みんなでマイムマイム等のフォークダンスやバドミントン、バレーボール等を楽しんだ。

私はこのトランジスタ工場の第六製造課品質係に配属された。フォード社やシリコンダイオード等の車の部品を製造している課で品質管理の仕事で、現場で製造されたこの部品を抜き取って検査する仕事であった。他にこの課の中に生産課があり、Nさんがよく品質係に顔を出し、楽しい会話がはずんだ。近年この方がなくなり、とても寂しい思いをしている。

他に私と一緒に品質係に入ってきたのは、T淑子さんとTとし江さん、この二人は、この会社に重役職の親戚がおられ、その方の縁故で入社したようだった。Tさんは茨城県出身、とし江さんは島根県出身だった。私の高校からはもう一名いたが普通科ではなく農業科の人でほとんど面識がなかったYさん。近隣の高校からも四、五名ずつ来ている高校もあり、愛媛県全体で二十名位はいたように思う。ほとんどの人が現場のダイオード・シリコン等の製造にあたる流れ作業の仕事だった。寮は同県の人同士が固められて入っていたので、すぐに打ちとけて話をするようになる。大人数の学校出身者の者は、同じ学校の友達同士の関わりが目立っていた。この寮には食事もお風呂もなく、歩いて十分位の所に鉄骨の寮がありそこに行っての食事や入浴だった。

私の寮とこの寮には同じ第六製造課に配属された方もたくさんいた。

この大きな鉄筋の寮に同じ課の品質係の先輩にH珠枝さんという人がいて、私の配属された品質係の中では一番重要な仕事を任されていた。

第六製造課の室温の管理等である。私の事を「マスヤン」と呼んでとても可愛がってくれた。

この人は福島県出身で、山登りが好きで、休みになるとよく尾瀬や蔵王《ザオウ》等高い山にも登られていた。私のあこがれの人だった。

私は山が好きで、連れて行って欲しい気持ちはあったが、慣れない為山登りの用具等もなく一緒に行けなかったのが、今思うと、とても残念でならない。

H珠枝さんの寮には、よくおじゃまして遊ばせてもらった。

会社は多摩川の近くにあったが、私達の寮は、川崎市の中原区南加瀬という離れた場所にあったので、毎日会社の専用バスで通勤した。時間は三、四十分位だったように記憶する。

会社の仕事は、二交替制勤務で、朝四時起きで迎えのバスに乗り、五時には仕事につき、午後一時交替、午後一時出勤の時は夜九時までの仕事で、時間があるようでも二交替というのは体調が整わず、決まった習い事もできず、内状がわかってくると、この不規則な生活が嫌になってくる。それでも、すぐに仕事を変わる訳にもいかず、いつかはきちんとした仕事につき、OLとして普通勤務の仕事につきたいという思いが増してくる。私はこの思いを達成する為に簿記の早稲田経営の経理学会という通信教育を始める。

高校の時の修学旅行は東京だったが、私は金銭的な理由で行かせてもらえなかった。あこがれの東京を知っておこう！と友達とあるいは一人で、休みの時はあちこち電車に乗って出向いていった。皇居、新宿御苑、銀座でのショッピング、横浜では山下公園や伊勢崎町ブルースの歌で知る伊勢崎町、有名な所はほとんど回り、東京を自分の目で見て楽しんだ。東京を去ってからの話だが、この後、両親を東京見物させてやる事ができ、この経験が大いに生かされた。

私の同室の人は、H秀美さんとM陽子さんであった。Hさんは私と同じ愛媛県の出身で南宇和高校、Mさんは北海道の出身でおしゃれが身についていて、きれいな標準語だった。私はHさんとは同郷という事もあり、よく話が合い一緒に出かけたりしたが、Mさんは余り私達の中には入らず、同じ北海道出身の人と行動を共にする事が多かった。彼女は母親が離婚して家族三人だとか、H秀美さんはボーイフレンドが何人かいて、よくラブレターを書いていた。その内親しくなって私も同級生の男性を紹介してもらった。何回か手紙のやりとりをしたりレースでネクタイを編んでプレゼントした事もあったが、いつの間にかおつき合いが途だえた。

私はHさんの同級生のMさんとは会った事もないので余り恋心を抱くという関係ではなかった。

私の二度目の恋は、品質係の上司、係長であるTさんだった。この人は仕事をしながら、東芝工業大学に通うエリート社員である。余り背は高くなく少し浅黒、でもユニークなおしゃべりをする人だった。私はこの人にかすかな恋心を抱きながら、職場を去る事になる。就職して一年三ヶ月で私はこの東芝トランジスタ工場を退職し、又古里・四国に帰省し、農業の手伝いが始まる。

私と同じ頃、同室だったH秀美さんも同じような理由で退職して田舎に帰省しており、よく電話で連絡を取り合った。その頃は家に電話がなく、歩いて十分位近くかかる、Dシゲ子さんという、親しくしている家に行き、電話を使わせてもらっていた。その内H秀美さんの方が松山に出て先に事務員の仕事につき、私は松山まで会いに行ったりした。

私は東京での生活の続きがしたくて、都会に出る希望を抱きながら、時にはHさんをうらやましく思う事もあった。母は私を農業の手伝いだけでなく、近くの知人の家に編み物を習いに行かせてくれた。なんとこの家というのは祖父の愛人とのつながりのある方であった。田舎はどこかでつながっているものだと思ったものだ。

この編み物の先生は障害者で、子供の頃小児マヒにかかり自分で立って歩けず、又言葉も不自由ではっきり聞き取れない事もあった。そんな中でも自立させ、人の上に立って仕事をしている姿に、すばらしい親子関係を感じたものだった。

私は都会に出たくて、大阪にいた長女に時折電話をして連絡を取り合っていた。その内田舎で縁談が持ち上がる。相手は父の姉の孫で、一歳年上のK君であった。彼は、時々農作業の手伝いにも来てくれたりしていた。田舎は若い内に結婚する人も多く、私は、これは大変と都会に出る計画を実行する。長女の家にしばらく世話になった。長女の家は義兄の会社の社宅だった。会社にくっつけて建てられた社員寮になっていた。姉はこの会社寮で社員数名分の食事を作っていた。子供も二人おり、私は長期間居候する事ができず天満の職業安定所に行き仕事を探し始める。天神橋の中にあるこの通りは、長いとてもにぎやかな商店街になっており、たくさんの店で色々な品物を見て歩くのも楽しかった。気持ちの中では迷惑かけないよう早く出なければという焦りもあった。姉の家から天満にある職安に毎日電車を乗り継いで通った。条件は寮付きの事務員、これに合う仕事は少ない。大阪に来て二週間程で仕事が見つかった。会社の名前は薬品会社Hの本部で、自分の希望する経理の仕事についたが、仕事に慣れていない為電算課というコンピューター室の売上の計算係に回された。この会社は、主に東京と大阪に店があり毎日売上票が上がってくるが、上がっていない店に電話で確認したりその日の売上の計算をしたりする仕事であった。売上も幾つか利益率によって区分されていた。

事務所にはI課長と女性三名の事務員で、Sさん、私、アルバイトのUさんであった。Sさんは電算機で打たれた伝票のチェックと整理をする仕事をしていた。私より一歳年上でとても美人で頭のキレる人で、職場でよくモテていた。私はこの会社でも寮住まいで、会社専用のマイクロバスで一斉通勤であった。会社は徳庵、寮は蒲生という所に薬局があり、その上が寮になっていた。鉄筋の三階建てで、二階から寮になっていた。部屋は二、三名の相部屋だった。ここは会社のビルを改装したもので住居的な造りにはなっていなく、部屋もコンクリート壁のままで冷えびえとして冬は特に寒く家庭的な雰囲気はなかった。姉が一緒に来て布団等必要な準備の手助けをしてくれて有り難かった。

夫との出会い

薬品会社Hも当時は「目標４２７店」と、社長が自らテレビのコマーシャルに出られる、景気の良い時期であった。

最初の人事課より電算課の方がずっと気楽で、楽しく仕事に取り組めた。

この会社は、毎朝三階に社員全員が集まって、簡単な訓示と歌を歌ってからの始業である。「社歌」で、今も部分的に歌詞が浮んでくる。

蒲生の寮の一階は、薬局になっていた。

入口を出た東側が蒲生の商店街で小さな店が向かい合って連ねていた。寮から余り離れていないこの商店街の中にお風呂屋さんがあり、寮生はみんなこのお風呂屋さんを利用していた。私はこの商店街の中にある、編み物教室や未生流のお花の教室に通った。

この寮には食堂も管理人もいない為、会社の休み時間の食事は自分々で寮の備え付けの小さな台所を使って料理したり、商店街の中にあるお店で買ってきて食べたりした。

私の部屋は三人部屋で、二人は年上で一人は広島県出身のＮさん、もう一人は、鳥取県出身のTさん。二人共田舎出身で優しく、途中入社の私の面倒をよく見てくれた。

Tさんは、家族が梨作りをしていたので、みずみずしい二十世紀梨を送ってきて、私達にふるまってくれた。みずみずしく美味しい梨の味が忘れられない。生まれて初めて食べる味であった。

私は四国の実家から、大きな栗や柿が送られてきて、食べてもらったりした。

大阪には、高校時代同じクラスで仲良しだったKちゃんがいて、彼女は母方の私の遠縁になる。やはり寮住まいで食品会社に勤めていた。一緒に梅田のRスポーツ施設に出かけ、おしゃべりしながらアイススケートを楽しんだり、歌声喫茶に行ったりして、休日を過ごす事もあった。スケートの経験はなかったが、すぐすべれるようになったのは、子供時代の田舎での雪遊びの経験があったからかもしれない。自分の運動神経も捨てたものじゃないとこの時思ったりしたものだ。

電算課で一緒のSさんは、同級生だった彼がいてよく彼と寮の近くで待ち合わせたり、送ってきてもらったりする姿があり、寮のみんなにも公然としたお付き合いだった。

彼女とはいつも、職場で向かい合って座っていたのですっかり仲良くなり、休憩時間には会社の外周りの芝生のベンチに腰かけて、おしゃべりが弾んだ。彼女は、山口県大島郡出身で夫とは同級生だった。

当時、労音とか民音とかいう音楽の会があり、Sさんの元同級生達は五、六人でこの会に入り、厚生年金会館やフェスティバルホールに、音楽鑑賞に出かけていて、「ゆうべは〇〇の歌を聞きに行ってきた」等との話が出てくるようになり、「私も行ってみたい」と言うと、早速誘ってくれた。男性四、五名とSさんと私であった。

二、三回この繰り返しの中で、私はMさんにお付き合いを申し込まれ、二人で会うようになっていた。

その頃はまだ、車を持っている人が少なかったが、彼は中古ながらきれいな赤のカローラに乗っていた。

休みの日はドライブに京都は牛若丸で有名な鞍馬、奈良は明日村の石舞台等ハイキングに出かけたり万博が始まると、よく手作りの弁当を持って出かけたりした思い出、日曜日はほとんど寮を空けるようになり、同室の人とも何だか、他人行儀な関係になっていった。その頃ボーリングが大流行でボーリングには良く連れていってもらった。彼はとても上手で良い点数を出していた。

Mさんは Sさんと同郷で、同じように田舎から出てきて、一つ下の妹と一緒にアパートに住み、冷暖房設備の関係の仕事をしていた。田舎の遠縁に当たる人と一緒に受け合いの仕事をしていて、収入は結構良かったようで食事等はいつも割り勘ではなく、Mさん持ちであった。

一緒に住んでいたアパートの妹は結婚して名古屋に行き、一人住まいになっていたM

さんは寂しさもあったのか、日曜日以外にも夕方食事を誘ってくれるようになっていた。私の会社の方では、月に一回各薬局で棚下ろしがあり、大阪にその頃五〇店舗位あったように思うが、これ等の店に本部の者が割り当てられて月一回行き、棚下ろしの手伝いをして帰ってくる。

遠くは、南海電車の岸和田や尾崎になる事もあった。仕事が終わってからの移動で、帰りは零時をまわる事もあった。店は、店長以外に店員が一、二名いて、一緒に品物の在庫数のチェックをしていった。

ある日の棚下ろしの帰り、遅くなりタクシーに乗ったが、乗ってしばらくして、タクシーが中央辺りにあった高いしきり用の柱にぶつかり、私は前の座席で顔面を打ち、鼻の横が切れひどい出血を起こしながら警察に行った。その後、一人で帰ったのかよく覚えていない。当分の間病院通いが続いた。

鼻横に傷が残り、会社の人事課長に連れられて、慰謝料の話し合いに裁判所通いをしたのを覚えている。タクシー会社が慰謝料を払おうとしないので、調停になったのである。事故を起こした運転手が、正規の職員でなくアルバイトだったので、よけい訴えても聞き入れなかったようだ。私はこの時から一ヶ月に一回人事課長と一緒に、調停の為裁判所通いとなった。何ヶ月かの後、人事も相手方の態度に変化がなく、安い慰謝料で、調停は終わらざるを得なかった。この時の金額は今でも覚えているが、十万だった。余りにも安過ぎる慰謝料であった。

鼻横の1・5センチメートル位の傷は長年残り、私はタクシーに恐さが残り利用拒否が今でも続いている。

私はMさんとのお付き合いは続いていたが、まだ結婚等は考えていなくて、お店の人達との出会いもあるので、いろんな男性とお付き合いしたいと思っていた。

お付き合いも一年近くなり、山口のMの実家に誘われて遊びに行った。

海に囲まれた大きな島で、景色も良く、家の裏がすぐ海になっており海水浴も楽しんだ。

Mさんの両親は私を大歓迎してもてなしてくれ、私はこんな両親の家のお嫁さんも「いいな」と思いながら帰途についた。その前にMさんの性格について、私と正反対の性格で決断力があり、手先は器用でと色々観察していたが、怒ったらすごく恐いので別れたいと思うこともあり、躊躇していた。この事をMさんに話すと怒り出し、これ以上切り出せないままでのお付き合いが続いた。

縁はどこでどのようにして起こるかわからない。このような経過の中、私達は結婚する事になった。

瀬戸の花嫁（Mの生い立ちと家族）

Mは、山口県大島郡周防大島町出身。瀬戸内海では淡路島についで大きな島で、昔は屋代島とも呼ばれていたようだ。

両親と祖母、一歳下の妹と五人家族で妹は私と同年だった。

実家は米作とみかんの農業、父親は私の父と同じく警察官だったらしい。祖父は大きな船を持ち、外国にも行っていたようで、二階の物置きには、外国の調度品等珍しい物が置いてあった。この祖父は当時こわい病気とされていた結核で早くに亡くなり、祖母は、一番下が二歳だった乳のみ児を含めた四人の子供をかかえ、苦労されたと聞く。

すぐ近くに祖母の兄が住んでいて、銀行に勤め、田畑も多く裕福だったので、この兄に助けられたようだ。Mの父親は祖父が亡くなった時、当時五歳位だったと聞く。年月を経て父親が家督を継いだが父親の弟の妻が重い病気になり、入院の費用にする為に田畑をほとんど売却したと聞く。父親は戦争に行き大変な目に遭い、苦労されたようである。離れているので細かく話を聞いていなくて、もう少し話を聞いておけば良かったと今になって思う。総理大臣の表彰状が仏間に飾ってあった。父親は戦争から帰ると警官はやめて、近所にある精神病院に事務職として勤め始める。

田畑もほとんど手離してなくなり、Mの父はサラリーマンで、田舎はお付き合いも多く二人の子供と祖母を養うのは大変だったようで、私と同じくMは大学には行かせられないとはっきりいわれ高校を卒業と同時に大阪に親戚を頼って出てきたようだ。

母親は近くにある着物屋さんで着物を縫う内職をしていた。とても器用な人で、実家はすぐ隣村で建具屋さんをしていた。私も手作りのウールの着物をプレゼントされたが自分で着る事も出来ないままだった。

周防大島は今は大橋ができ、本土とつながっているが、私が結婚した当時は海を、船で渡らないと行けなかった。本土の山口県の大畠から大島郡の小松港までは、船で約十五分位で渡る事ができていた。船は夜中は航行していないので、夜遅い時間にならないように気を付けなければならなかった。一度だったが、車の渋滞に遭い最終便の船に間に合わず、旅館に泊った事もあった。

瀬戸の花嫁（縁は異なもの味なもの）

Mは一人で山口の実家に帰り結婚の承諾を得た後、両親を伴って、愛媛県にある私の実家に行く事になる。

私の実家からは再三電話があり、急な結婚に驚きとショックを隠し切れない様子であった。

母はショックが大きくて、電話にも出なくて手紙もしばらく来ない状態であった。

数ヶ月後に母から来た手紙を紹介しよう！


九月も半ばをすぎて、朝晩は、寒ささえ覚える様な此頃ですが、皆んな変りはありませんか？　家の方も皆元気で、それぞれにやっているから、安心して下さい。板倉家へ行ってから初めての便り、まだ遠くへやりたくない気持ちは同じですが、家迄買って、子供の母となったお前を追っても仕方ありません。

気持ちを替えなければとあせっている所です。そばに居れば娘とて、良い事ばかりはなく……気を紛らす為にも、豚を飼い、農事に家事にと動き廻って居る所よ。……

大島からは、便り有りますか？　一緒に居れば朝から晩迄、気を使うのだから、手まめに便りをしてあげる事よ。一人息子を取られた様なさみしさではないかと思います。……

母より

私はまだ二十二歳の若さ、大阪に出て仕事についたばかり、私のすぐ上の二人の姉三女、四女もまだ結婚していなかった。母親のこの時の心情はいかばかりだったか。

新婚生活

私は四月いっぱいで薬品会社Hを退社し、五月初めに入籍、四条畷市の新築の文化住宅で結婚生活を始めた。

仕事をやめると同時にリンキングミシンの内職を始める。部分仕上げしてあるセーターを編み物用ミシンを使って縫い合わせ仕立てる仕事で、技術がいるので、内職のお金も他と比べると単価が高かった。私は田舎で少し編み物を習っていたのが役に立った。でも何日間か、家から遠く離れた内職の世話をされているお宅に習いに通った。この内職は出産日真近まで続いた。

私は結婚して、料理の練習にも忙しかった。

夫はお弁当持ちになり、私は毎朝お弁当作り、その頃はやりのおみそ汁まで入る大きな縦長のランチボックスを持たせた。

結婚前に、クッキングスクールに短期間通ってはいたのだが、料理本やテレビで一生懸命学んだ。

結婚式は来春、子供が生まれてからという事になった。

その頃、小柳ルミ子の『瀬戸の花嫁』が大流行で、ラジオから流れてくる歌に自分と重ね合わせながら……思い出の曲となった。

今でもこの曲を聞くと当時を思い出し、その時の情景がとてもなつかしく浮んでくる。周防大島は音楽家（作詞家）の星野哲郎の故郷でもある。よく有名な歌手がお盆等には星野哲郎に連れられ訪れたようである。今も星野哲郎記念館がミュージアム館として残されている。

夫は兄妹二人で子供の数も少なく、私よりずっと裕福な家庭だったように思う。私は父手作りの木製の三輪車だったが、夫はピカピカの今風の三輪車に乗って、アルバムに収まっている姿からもそれが感じ取れる。

田舎の家には借金があり、仕事についてからずっと夫は支送りしていたようだが、何の借金かは知らされていない。貯金はほとんどなかった。私にせっせと貢いでくれたのも理由の一つだが。

その点私は質素な家庭に育ち、お金の大切さもしっかりわかっていたので、少しの年月しか仕事をしていなかったが、かなりの預貯金を持っていた。この金銭感覚の違いが、ずっと夫婦間のトラブルを引き起こす原因となる。義父は事務職だったせいもあり筆マメで、よく夫や私宛に手紙をくれた。

当時、電話がなかった事もあるが、優しく思いやりのある、嬉しい手紙だった。義父は早くに父親を亡くし、父親の愛情を知らないで育っているせいか、母親のように細かい面まで気持ちが行き届き、こんな優しい気遣いのできる父親がいる事に驚きを感じたりした。いつも義父からの手紙を待ち、それが来るととても嬉しく何度も何度も読み返した。

少しばかりみかんの畑もあり、季節になるとモギたてのみかんや、少しの畑だったが取れ立ての野菜、それから義母手作りの田舎みそ等送り物をよくしてくれた。

「自分には子供が二人しかいない。だから嫁の貴女も、自分の子供と同じように、大事にして自分の子供にしたい！」と常々言われ、本当に私をとても実の子供以上に大事にしてくれた。

出産を控え夫の母親から、可愛いピンクのスズメの絵の色柄ものの、木綿で作ったオムツがたくさん届けられた。

長男の子供という事で、又格別のようであった。十一月の中旬の予定日だったが、二、三週間前には、夫の母親が出産、産後のお手伝いにやってきた。

一度家に遊びに行っただけで、余り面識があった訳でもなく、狭い家での同居が始まった。義母は長年祖母との同居、父親の気難しさと気苦労が多く大変だったようで、私にその話をしながら、発散されているようでもあった。祖母は早くに夫をなくし、四人の幼い子供を育てなければならなかった。もちろん農作業をしながらである。しっかりした顔つきをされていた。年老いた祖母しか知らないが。義母の家は隣町で家は建具職をされていたようで、結婚した今の生活よりずっと良かったとよく話されていた。嫁いでからはかなり貧乏されたと聞く。

義母が来てくれた事で、色々気遣いもあったが、初めてのお産で、心丈夫でもあった。私の方の実家は、子供が多い為、又農家の仕事に追われ、お産で都会に出てくる事はほとんどなかった。

義母は祖母と夫から離れ、半分羽を伸ばしている感じにも見えた。「プー」と石焼き芋売りの音が聞こえると、あわててお金を持って外に飛び出し、石焼芋を買って美味しそうに食べられている姿を思い出す。その当時私は金銭的にも厳しい中高価でこんな物を買った事はなかったが……。

私は、お隣の方が出産日が近く二人目という事で、出産について色々聞いたり、教えてもらったりした。一緒に片道二キロ以上あるスーパーに身重の身体で買出しに行ったりもした。当時鯖一匹50円。何と物価が高くなった事か。私はこの方の紹介で、出産は助産院でする事になった。昔の産婆さんはしっかりされていて、何の不安も感じなかった。比較的家から近い方というのが一番の理由であった。今考えると、難産にでもなったらとか色々考え病院を選ぶのだが、この時はそこまで考えられなかったのかもしれない。

仕事をしていたせいか、余りつわり等体調に変化もなく出産日を迎えた。妊娠初期は、ゆで卵が食べたくて、一日に二、三個食べたりした。

男児誕生！

予定日の一日前に陣痛、破水し助産院に入院する。陣痛の痛さも経験した。いいようのない痛さに、生命の重さを感じながら、がまんしたように思う。一日中痛んで夫と義母が来てくれたがその日の出産はなく、翌日の朝の出産となった。男児で、三六〇〇グラムの大きな子供であった。昼頃、夫と義母が来て子供に対面した。順調に助産院で過ごし、自宅に戻ってきた。

この後が大変だった。助産院ではミルクを飲まされる事が多く、自宅で母乳を与えようとすると、子供が母親の乳首をくわえて飲めない。乳房が張り過ぎて、飲みにくい状態だったのだ。私は何度も何度も試みるが、その度に子供は激しく泣き、お乳を求める。

子供は空腹でよけい泣く。狭い部屋で、義母は子供の泣き声でイライラしたのか、怒って

「そんな事してたら、子供が死んでしまう。ミルクにしなさい」と、強い口調で私を叱りつける。

私一人だったら、泣いても何としても飲ませたと思ったが……。この時の辛さ、情けなさはいいようのない屈辱感になった。母親として、大きな汚点を残しての船出であった。

私はこの後、近くの産科の個人医院で、母乳を止めてもらう事になった。この時のあふれ出る悔し涙、嫁姑の関係はこのようなものか。

義母も自分の娘の子供を流産で半年程前に失くしたばかりだったので、そんな心配やいら立ちもあったのかもしれない。

まだまだ方法はあったのでは？　出産した助産院は歩いていける距離ではない。今考えると、その時の情景や子供に申し訳ない気持ちが蘇ってくる。

出産後、義父からの手紙で、この辛い出来事も半減した。その手紙を紹介しよう。

妙さん、此の度は、男子出産御目出度う。

御産も、かなりむづかしかったとか、大変でしたね。しかしその後の容態も順調、これに勝る喜びはないと、私は大変喜んで居ります。

名前もHと決まり、一応、一人の人間として、認められた訳です。本当にうれしい事だと思っています。元気な子供を産んだ功、大です。大きな気で、役に立たないかも分りませんが、妻を大いに利用して下さい。産后は女にとって一番大切と聞きます。

どうか無理をしないよう、充分気を付けて下さい。又、妙さんの健康管理は申すまでもありませんが、Hの健康管理も大切です。

くれぐれも気を付けて下さい。

私も初めての孫、見たいと思っています。

しかし、一寸拝見と言う訳にもいきませんし来春の逢う日を楽しみに待っています。

尚、出産時の祝電をと思いましたが、病院の住所がわからず、タイミングを失したので中止します。

H君　万歳！

新しい御母さん元気で！

父

私はこの手紙を何度も何度も読み返し、辛い気持ちから感激の気持ちへと、頑張っていこうという気持ちに！　涙がポロポロと顔中を伝って流れ落ちていた。

義母は、産後三週間位で帰省した。流産した娘の様子を見に名古屋迄行きそこから帰られたようであった。お義母さん、ありがとう。遠くから、慣れない場所で大変だった事だろう。

さあ、子育ての始まり

育児教室もなく、私は本を読みながらの育児であった。泣く度に何故なのか？　理由がわからず、抱っこしたりお茶湯、ミルクと子供にかまっている中でも家事はこなさねばならずで、自分の昼食も二時、三時とずれこむ事も多かった。オムツをさわるので塩分で指先は全部ヒビ割れしていた。痛くて治る間もなくオムツを触るの繰り返しだった。子供が三ヶ月になり、表情も可愛くなり、機嫌の良い時は何やらおしゃべりしながら、一人遊びも短時間ならできるようになってきた。

生まれて初めての、寒い夜だった。下痢が止まらず、大きな綿入れバンテンでおんぶして、あっちの病院、こっちの医院と渡り歩き、泣きたい時もあった。誰に相談もできず、疲れ切って家に帰っていた。

おいでませ　山口へ

春、山口への帰省日がやってきた。長男にとっては初めての帰省となり、車の中はミルクポットやオモチャ、着替え等でいっぱいだった。

長い道のりで、普通の速度でも七時間はかかる所を十時間以上かけて、途中、今でいう道の駅で休憩をしながら帰った。連絡船を降りてからも一時間はかかる。

実家に帰省すると義父母、祖母がとても喜んで迎えてくれた。初めての節句という事で奥座敷に五月人形を飾り、お祝いだった。祖母も加わり、家族全員で記念写真に収まる。この人形は家に持ち帰るが狭くて飾れずカブト、張り子のトラ等見える所に飾るしかなかった。

山口は海の幸が豊富で、新鮮なお刺身や煮魚（メバル）、タコの酢の物（ダイダイ酢をかける）、その他野菜の煮物等も並び、みんなで夕食の膳を囲む。義母は巻寿司が得意で、よく並んでいた。義父、夫はお酒が好きで、飲みながら話が弾んだ。私は余り飲み慣れていなかったが義父から、「これからの女性は、お酒位飲めにゃあ！」と言ってはすすめられ、いつの間にかお酒が強くなっていった。

義父は根っからのお酒好きで、今も仕事の関係でも飲む機会が増え、御機嫌のお酒であった。

翌日は私達の結婚披露宴だった。私の父もはるばる四国から電車や船を乗り継いでやってきた。松山と周防大島は船でつながっており、松山から大島までは一時間弱位で渡れる。義父は病院勤めをしており、理事をしている病院長との交流も深く、その関係や親戚、近所の班の方等、たくさんの方がふすまを取りはずした広い部屋いっぱいに来られ、皆さんの前でお披露目された。私はこの時は金銭的なゆとりもなく、花嫁衣装は着られず、ずっと後で着る事になる。

大島での滞在もあっという間に過ぎ、大阪に帰省となる。環境の変化で長男Hは夜、なかなか寝つけず、泣いて困らせたりもした。

前後するが、結婚して八ヶ月目で、小さな家を購入した。連棟であった（金額は三百八十万三千円）で、部屋も増えうれしかった。家の前は田畑で自然の多い場所であった。義父は「今、家の援助は余りできない」と言ってきた。私の両親は板倉家に相談するようにとの返事であった。私はもう板倉家の人間だという自覚を持たせる意味だったようだが、自分達の力でやろうという事で、頭金も自分の貯えで、後はローンでの購入であった。

私は、ずっと内職を続けた。

夫は長男という事で、夏のお盆とお正月はお墓参りを兼ねて毎年山口に帰省した。子供の荷物や一週間近くの滞在でたくさんの衣類等もあり、いつも車での帰省であった。車で早くて七～八時間はかかり、長い道中であった。結婚当時は島で、船で渡らないと行けなかった。車の渋滞に遭い遅くなり、船の時間に間に合わず、旅館に一泊してからの帰省になった時もあった。

帰る際にはいつも、五、六軒分のお土産を持ち帰り、親戚にあいさつ回りをするのが常であった。

結婚してから、自分の実家には姉達の結婚式以外お盆もお正月も帰った事はほとんどなかった。毎年ではないが五月の連休を利用して車で帰省する程度で、嫁に行くという事はこういう事なのだと自分でも自覚していたように思う。

保母を目ざして

長男が二歳になろうとしていた。

一年前に家を購入し、高額のローンを抱えた私は、子供が六ヵ月になった頃から内職を始め、子育てにも忙しい日々を過ごしていた。

家の前は広い空地になっており、子供を遊ばせるには良い環境だったが、すぐ横にはどぶ川があったり、家が少ないので同じような年齢の子供がいなくて、子供同士の関わりが持てない等の理由から、すぐ近くにある民間保育園に預けて、私も働こうという事になった。子供は母親べったりの生活よりも、保育園で友達と一緒に色々な経験をさせて育てる方が、望ましいという観点からでもあった。

市役所を経て、家の一番近くにある民間のめぐみ保育園の門をくぐった。自転車でも五分もかからない場所にあった。

面接の取り継ぎをしてくれた先生は、背が高くキリリとした態度で、私と長男を面接する部屋に案内してくれた。

保育室をのぞくと、どの部屋も色彩やかな可愛い装飾がされており、私が田舎の保育園で見た感覚とは、大きな違いがあった。

どこの部屋からか、ピアノの音が流れてきて、保育園らしい雰囲気が漂っていた。私はこのすばらしい場所で、保母さんに出会ったことで、子供の頃からのあこがれでもあった「保母になろう！」と大きく決意した一日でもあった。

待っていると、園長がスタスタとスリッパの音を立てて、やってこられた。色白で品のある顔立ち。長年、幼児教育に専念してこられただけあり、貫禄充分である。

この園長は近くのお寺の娘さんで、自分で地元に幼稚園を建て経営されていたが、四、五年前に大病を患い、自分の築いた幼稚園の経営を兄夫婦に任せざるを得なくなった。自分は独身を貫き、頑張ってきた園だったのに、このような事情で手離さざるを得なくなり、無念な思いをよく私達に話されていた。

そこで保育園経営に乗り出され、まだ始めたばかりで手薄な状態の中に、私は縁あって勤める事になったのである。

民間保育園の経営もやはり幼稚園とは違った面もあり、園長は有資格者には高額の給料を払わないといけないといった理由もあり、無資格の子育て経験者を次々入れてこられたように思う。ワンマンで、園長に反論すると減給に及ぶ強さも持たれていた。

私はこのような園長の経営される姿を見てあこがれの気持ちも芽ばえ、将来私も保育園を経営してみたいというかすかな夢を抱いていた時もあった。

「こんにちはー。お母さん、オムツは取れていますか？」

「いいえ、まだ、取れる所まではいっていないのですが」

「困ったなー。今、うちの園では保母さんが不足しているんです。オムツが取れていないようでしたら、手がかかるので無理ですね。お母さんがしばらくそばにつくとか？」

「そうですか？　園長先生、私を保育園で使って頂けませんか？」

園長は少し考えながら
「そうですねー。じゃあ明日から、子供さんを連れて来てみて下さい。様子を見ましょう！」

民間保育所勤務始まる

という事で、翌日から私の保母見習いの生活が始まった。私の保母のようなお手伝いさんのような立場での保育所勤務が始まった。

クラスは一歳児、私より前に園長のお友達という方が、やはり同じような立場で、免許もなくお手伝い保母として、このクラスに入られていた。この方は園長の幼なじみで、御主人はこの近くの公立小学校の校長をされている奥様であった。私はこの方と仲良くなり、一緒に浪速短大の通信教育部に入学した。

何もわからず、この方と二人での保育が始まった。これは後でわかった事であるが、保育には、決められた子供対保母の規定数があるのだが、これに関係なく定数オーバーでもドンドン子供が入れられてくる。二人で泣く子の相手もしながら、排泄の失敗も替えながら又食事指導や一斉排泄指導、午睡指導とこなさなければならなかった。外遊びになると、年長児に混ざって一歳児があちこちに散らばり遊んでいるが、ブランコの揺れている前で、柵があってもちょっとしたすき間があれば平気で入っていく。一歳児というのは一番難しい年齢で、わかっているようでわかっていない大変さがある。外遊びから部屋に入れるのがまた大変、入れたと思ったら、隣のクラスに紛れ込んだり、又外に抜け出したり、みんな入れたつもりで人数を数えてみると、一、二名足りない。誰が？　といってもすぐに名前が浮んでこない！　水の音がするのでトイレをのぞくと、ここで水道をひねるのを覚えジャージャーと水遊びが始まっていたり……。といった繰り返しの毎日であった。

遅くなったが、うちの長男は私が他の子の世話をする度に、焼きモチで泣いて離れず、私も母親として「これでいいのか？」と悩まされる日々がずっと続いた。しかし慣れてくるに従って少しずつ遊べるようにはなってきていた。

園長は見るに見兼ね、長男を他の公立保育園に預けるよう計らってくれた。私の気持ちとしては、そばで一緒に見ていたい気持ちはあったのだが……。子供と離れる不安が入り混ざり、複雑な心境であった。丁度私と一緒に勤務していた同僚のTさんも子供連れで、一緒に門真の公立に預ける事になった。送り迎え時よく一緒になり、子供達の家での様子等のおしゃべりも楽しかった。

長男は思ったより早く公立保育所に慣れてくれ、私も仕事としてのけじめをつけられたように思う。

家からは大分離れた場所の保育園だったので、子供を保育園に送っていってから自分の勤務先にという動きとなり、朝出かけるのも早くなり、片道五キロメートル位の道のりで自転車での通勤は負担にはなっていた。

家では保母の免許取得を目ざし、日曜日はピアノ教室に通い、ピアノの練習を始める。夫は昔人間で、私が家を空ける事を嫌い、不機嫌になったりして、私はとても気兼ねしながらの教室通いであった。

家に練習用のオルガンを購入したが、夜は隣近所に迷惑だということと仕事疲れもあり時間もなくできないし、昼はもちろん仕事。日曜日は家事や買い物と練習時間がとれず、ピアノ教室に行くのがやっとの練習であった。

保母国家試験受験

入って二年目の夏、保母の国家試験に挑戦した。この為の社会福祉に関する理論的な講習等が夏休みを利用して行われ、暑さの中、連日講習を受けに通った。

この試験はどの県で合格しても認められるので、一科目落としたら、他の県でも受けてみる等融通がきき、遠くの県まで受けに行く人もいたようだ。

私は家から近い大阪府と兵庫県、二ヶ所の保母試験を受験した。八科目の試験の内七科目までは合格しあとはピアノのある実技のみになった。翌年にピアノも何とかレベルに到達し、又この二府県を受験した。その実技試験の中で私が一番印象に残っているのは、兵庫県の音楽リズムの試験で、大学の体育館を借りて行われた。広い体育館の隅には、審査をする先生が何人かおられただけ。そこに三名ずつ名前を呼ばれ入っていくと、突然音楽が流れてくる。何の曲か何拍子の曲かも知らされていない中、この曲に合わせて各々がリズムに乗って踊る（自由表現）のである。この時のドキドキ感は忘れられない。

私の試験で流れた曲は、五木ひろしの『千曲川』であった。私はそれ以来、この曲は思い出の一曲となり、カラオケでもよく唄う。その時、必死で踊った時の事！　自分ではどんなにして踊ったかもわからない位必死なその時の思いが蘇ってくる。

又こんな内容の試験もあった。ストーリーを作り、予め自分で切り紙を使って、ストーリー性のある紙芝居的なものを作り、皆の前で話す。言語、製作や想像性を見る内容であった。最後に、やっと弾けるようになったピアノ。ギリギリラインで受験資格を得たものの、人前に出ると上がって思うように弾けず、順番を待っている間もドキドキ感が続いたが、何とか合格する事ができた。ピアノが一番の難関だった。こうしてやっと保母の免許状を頂ける事になった。大阪府と兵庫県二県の免許状を手にした時の満足感、充実感は今もしっかり心に残っている。

私と一緒に保育に当たっていた奥様は、四月に入ると保育園をやめて、短大の勉強に専念される事になった。私は保母の免許は取れたものの、短大の勉強はほとんど進んでおらず、取り残されたような気持ちにもなっていた。

代わって新しい年度に私と一緒に担任する相手の方が入ってきた。

今度の方は大学（短大）は出ていて学校教員の免許はあるが、幼児教育の免許はなく、これから目ざそうという方で、同じく一歳児の子供を連れてのアルバイトであった。近くの公立幼稚園にお兄ちゃんが行っており、その子は家に帰らず保育所にいる母親にカバンを渡し、遊びに行く毎日だった。この保育園にはこのように、免許のない見習い中の保母さんが五、六人程いて、自分の子供の話や国家試験の話等、みんなで励まし合う会話が多かった。一人は独身で、夜間の短大に行っていた。朝早い勤務にしてもらい夕方早く帰り学校に行くパターンである。この方以外みんな一緒に国家試験を受けたが、全員合格とはいかず、何度も不合格になりあきらめた人もあった。

その頃の民間保育園は、免許のある人の人数で府からの補助金の額が決まってくるようであった。免許が取れて、一人前の保母になれた事と給料が上がりとても嬉しかった。

保育園はこれから一年後、しばらく仮住いの新園舎に建て替えられる事になった。園長の経営の力量が功を奏したのだ。近くの空地にプレハブの園舎が建てられ、ここでの保育となった。

昭和五十三年、公立保育所に勤務

それから間もなく、私は公立保育所の募集を友人から知らされ、合格して公立保育所に勤務する事になった。この頃少し大きな家を購入し、場所は寝屋川市となっていた。子供の保育所も変わり、保育内容にも大きな変化があることを知った。

私立とは違って、保母対子供の規定数もきちんと守られ、ゆったり保育ができたものの、保母の人数が民間に比べて多い為人間関係が大変で、私と保育感の合う人は次々とやめていく傾向にあった。私にとっても人間関係はしんどく、やめたい気持ちもあったが、生活がかかっており又やっと取れた免許でもあり、やめる訳にはいかなかった。公立保育所だけあって、勉強熱心で夜の研修は多く、小さな会議は子供の寝ている昼に行われ、さらに全体の会議は夜仕事が終わってからで九時、十時に及ぶ。

私は子供を別の保育所に預けており、会議の日は迎えに行けないので、保育所を休ませて近所の親しい友人に預かってもらったり、早出の当番に代わってもらい、会議が始まるまでに大急ぎで家に子供を連れて帰り、少し子供が大きくなると留守番させる事も多かった。

夫は民間企業に変わり、今迄以上に帰りが遅くてほとんど助けてもらえる状態ではなかった。

会議の日は早朝から夕食の準備に追われ、家を飛び出す事が多かった。

この仕事について思うのだが、過保護で子供の手とり足とりの教育の家庭が多い。子育てにもリズムが必要であり、かまうばかりが教育ではない。親の愛は大事だが子供の主体的行動を大切にしながら後方から見守る。これが親のもっと大きな広い愛であるように思う。私は子育てと同時に、自分のしたい仕事にも平行して取り組んできたものの、これで良かったのか？と自分の子供の姿を見たり、話したりして関わったりする中で自分の子供の教育についていつもいつも考えさせられる。頭の中では、まず子供、まず家庭を置きながら歩んできた道のりではあるが……。夫とのトラブルもひんぱんで、子供の教育に及ぼす影響もなかったとはいえない。

私は自分自身が他園に預けて保育していただいている身であり、保育所にいる寂しい子供の気持ちをしっかり受け止めながら、親御さんに対しても安心して頂けるような保育や親への対応を心がけた。

又常に自分の保育を見直し、これで良かったのかと気になる部分は再度本を広げ読み返したり、一人ひとりの個性を大切にし、子供の発達段階を常に頭に置いた保育を心がけた。研修等もできるだけ行き、学ぶ努力を重ねていった。

それと同時に自分の子供に対してもできるだけ関わってやらねばと努力はしたものの、仕事熱心というか夢中になり過ぎ、お迎えが最後になったりして、子供に寂しい思いをさせる事も多かった。

職業を持つという事は、いつも頭に自分の子供の事があり、心の葛藤の連続である。子育てを終わった今でも、ずっとこれで良かったのか？という気持ちは残る。今現在の子供の様子や成長を見ながら、自分の行き届かなかった事を子供に詫びる気持ちである。母親というのは死ぬまでこのような子供に対する思いはつきまとうのだと思う。子育てへの責任の重さを痛感する。

公立保育所でのすばらしい出会い

昭和五十三年民間保育園から公立保育所に。民間保育所と違って公立保育所は、給料の保障がしっかりしている。保母一人に対して子供何人と年令別対比がきちんと守られて保育されている。その為保母の労働も子供への負担も軽減されている。私の短大の勉強もお陰で進んでいった。それまでは国家試験に向けた勉強が中心になり、仕事に慣れるのも先決で短大の勉強はほとんどできない状態だった。何とかレポートを書いて出しても、勉強不足でぎりぎりの評価で返ってきていた。

そんな意味で、公立保育所に入れた事は勉強の時間も大分取れるようになり、有難かった。

公立保育所は、研修や会議、クラス別の打ち合わせ会議等勉強も盛んで、私は公立保育所に入ってから、民間では忙しすぎて又そんな環境もなく、余り出来なかった力を徐々につけていったように思う。

民間では小さなクラスのみだった担任も公立に入ると希望も優先され、大きな四、五歳児クラスも担任できるようになった。レベルが高いので、さすがに大きなクラスを担任するからには、指導力、つまり、音楽リズム、描画活動、言語表現、運動面では竹馬、登り棒、鉄棒、縄跳び等たくさんの実技的な力をつけておかなくてはならない。

年度末には生活発表会もあり、劇遊びの指導も入ってくる。散歩の距離もかなり遠くまで行くようになる等多岐にわたっての指導法を勉強し身につけ、保育の責任もその分重くなる。

習い立てのピアノではおぼつかなく、子供に指導する為のピアノの練習にも追われた。ピアノの弾き歌いというのは、簡単なようで難しいもので、ピアノの鍵盤を見ていたのでは指導できない。子供達の方を見ながら歌の指導をする為に弾くのである。熟練の技が必要であった。

公立保育所に入って何年か経ち、私は五歳児のクラスを受け持った。あこがれの五歳児である。例年は一クラスしかないのだが、この年は二クラスあり、初めての私でも大丈夫だろう、といった理解のある上司のもとで、経験する事ができた。片方のクラスは、幼稚園の経験もある五歳児のベテラン先生であった。ピアノやリズム遊びも得意でテキパキ、すべてにおいて自信満々の態度がみなぎっていた。

片や私は初めての五歳児、同クラスで一緒に担任させて頂いた方は、ピアノが上手く、物静かだがテキパキと仕事をこなせる若手の実力者であった。この辺の上司の配慮や保育への責任感、頭が下がる思いであった。負けず嫌いの私が頑張った事はいうまでもない。運動会は合同だったが、生活発表会はクラスの独自色を出す為、別々の取り組みにした。

発表会も合同でという声もあったが、私は別々にしようとふり切った。私は劇づくりには自信があった。これは自分の考えで、発案したものである。子供と共に作り上げていく劇で、絵本を見ながら子供の言葉を引き出し、脚本作りをしていく。役も、子供達で決めさせていく。交替しながら充分に遊ばせる事により、子供達は、とても自主的で意欲的に楽しみながら参加できているように感じた。一緒に担任した先生はこのような劇づくりにとまどった感はあったように思う。

劇遊びの本を引用し、子供にセリフを丸覚えさせていく方法を取る先生の方が多いのだが、私の劇づくりが功を奏したのか、発表会後の感想や評価では、子供達の生き生きと演じる姿に皆さんから思わぬ評価を頂いた。私はこの経験が又自信につながり、五歳児への挑戦が続くのであった。

私はこの時の所長との出会いがなかったら五歳児の担任をする経験もなく、五歳児保育にあこがれながらも、保母生活を終えていたようにも思う。実際に年長クラスの自信がなく年少クラスばかりの人もいた。

私のすばらしい上司との出会いであった。

この所長はいつもにこやかに誰とでも対応をされて、何か報告すると「おおきに、おおきに！」と軽やかに返答があった。保母一人ひとりの性格をよく見抜かれていて同じ性格同士での希望を求める中、学び合える関係のペアを組まれたように思う。

私とは今まで出会った所長の中で一番フィーリングや価値観が合ったように思う。一緒に遠足に行ったりして行動を共にするのがとても嬉しかった。

広い大きな心で、いつも私を包んでくれているような存在であった。私はこの所長に母のふところに抱かれているようなあたたかい安心感みたいなものをいつも感じさせられていた。七年以上の長きにわたり、同じ職場で過ごせた事はとても幸わせで有難く思っている。

この所長は個性的な性格で、嫌われても自分の決断した事ははっきり述べ毅然とした態度で望まれ、上司としての責任を果たされていた。八方美人的な所長が多い中、私にとってはとても貴重な存在であった。

所長によっては、ピアノが上手くなかったら、上のクラスは持たせなかったりして、幼児教育は人格形成の場である事も忘れ、子供との対応に欠陥がある人でもピアノが弾ければといった雰囲気の評価をする上司もあった。

それ以上にひどい上司は、パソコン優先である。パソコンを使えるだけでこの人の意見を優先したり、前にも書いたが、本当に指導力のない価値感の合わない上司のもとでの苦痛を味わいながらの保育は、私にはとても辛かった。保育というのは、一人で担当するのは年長児だけで、〇歳、一歳、二歳と年齢が小さい間は五人、四人、三人と年齢に合わせ複数で担任する。保育感はそれぞれ違い、厳しい保育者は些細な事にも子供を叱り、大人の私達まで怯えさせられる。保母仲間で注意すると明日からの保育に差しつかえるのである。このような保母は性格がいびつで、子供に対しても好き嫌いがあり、平気でそのような態度を見せていた。

感性の乏しい人間、保育に関心の少ない人間は、このような状況の中でも何も感じない訳だから、特に傷つく事もないのである。細やかな感情を持つ人間は、次々と退職していく由縁である。

私はそのような訳で、勉強と共に理想論が頭に入り、気の合い保育感も合う仲間が段々といなくなり、孤独な保育所生活になっていく。また家事、仕事、子育て、勉強に追われ友達とのお付き合いもままならず、保育所時代の友達は少ない。私には、なりたくてたまらなくてなった仕事、国家試験、短大での勉強、もちろん金銭面においてもだ。

結婚、夫婦生活の厳しさ、夫婦とは?

夫は結婚当時は半請負的な仕事で収入もまあまあだったが、結婚して一年後位から、この仕事にも陰りが出て、仕事を失ってしまう。

しばらく失業期間があり、夫の実家からの援助で助けられた。

三ヶ月後位に仕事を見つけ働き始めるが、特技もなく商事会社の営業でそんなに収入がある訳でもなく、私の給料と合算で何とかローンを支払いながら、生活していく日々である。

昭和四十五年頃、結婚前に夫の言動について気になる事があったが、私の勘は的中した。新婚間もない頃、夫は些細な事で腹を立て、作ったばかりでまだ手もつけていない鍋物を全部ひっくり返してしまう。大きな声でどなりながら……。そしてそばにあった木製のハンガーもすごい力で折って投げつけ、タンスに傷をつけたりする行動を取り、私は床掃除をしながら、恐くてふるえていた。

私はこの夫の言動におびえ、夫に対して一切口が出せなくなってしまった。夫は小心者で短気な性格だったのである。仕事でのストレスがたまると家に持ち込み、私や物に当たり散らす。車が好きで、高額の出費がずっと続く。車の購入となると半端な金額ではない。私が反論しようものなら、又同じようにどなり、おどす行動を取るのでいえない。これの繰り返しであった。甘やかされがまんした経験がなく、物に当たっても注意された経験がなかったのだろう。

ある時、山口に家族で帰った時の事。私の言葉か態度が気に入らないといいがかりをつけ、親のいる前でも平気でいつもの荒立った口調で私へのせっかんが始まる。手を上げて暴力をふるおうとする夫。

義父が後方から夫を捕まえ、取っ組み合いになる等とても激しいトラブルであった。

こういうトラブルが起きると、いつも私は自分の選んだ道、とおびえながらがまんしてきた。

自分の両親に対して、又義父母に対しての裏切り行為をしてはいけないと自分にいいきかせて、又かわいい子供達の為にがまんの連続であった。私は自分の両親や姉弟等にもこのような夫との事は一切口にする事はなかった。もちろん、友人、知人に対してもこの悩みは出さなかった。これだけ性格が違うのだから、夫からみると私の言動が目についてて仕方がなかったのだろう。

性格というのは、少し付き合った位ではわからないものだ。お互いがリラックスして自分を出し切った時に初めてわかるものである。喜怒哀楽をどう感じ、表現しているかである。短気な人間程些細な事にすぐ怒り、声を荒げる。私は夫との結婚生活四十数年であったが、夫の性格がわかってからは、夫に合わせ自分の思いはほとんど出せず、がまんの多い結婚生活であった。自分の思いがいえず行動も制限され、本当に忍耐の多い人生であった。このお陰でがまんする力、つまり忍耐力はしっかりついてきている。夫婦というのはこのような訳でぴったり合う間柄の人はほとんどいないのではないか？両方ががまんし合える間柄ならいいが、片方だけががまんさせられると不満がたまり、身体的、精神的な病気を引き起こす。ひどくなると離婚にまで発展するのである。

仕事に出かけ、すれ違いの生活をしている時は比較的うまくいっているように見えるが、熟年になり仕事を退職し一日中顔を合わせ、特に都会にいると、仕事もなく、ストレスが多くなり、夫婦の不仲や熟年離婚に発展していくケースが多い。

私が仕事や勉強で、家事が十分行き渡らなかった事も夫の不満の大きな原因だったと思う。女性が結婚して仕事や勉強をしていくという事は、家庭にも負担を及ぼす。自分ではまず家庭、まず子育てにウェイトを置いて頑張ってきたつもりではあるが……。

私は身体的にも精神的にも大きな病気を抱えている。これが自分の人生の今である。

今盛んに離婚原因とされる、性格の不一致に他ならない。夫の性格は教育論の中に述べた真に内向性の性格である。私は外向性。

夫は暗記等集中力や機械的な物に強いが、想像性、洞察力に欠ける。臨機応変さがなく融通性がない。私を自分の型にしきりにはめたがる。

いう事に応じなかったら言葉でどなり物に当たる。

田舎なら、それなりに発散する場所、海など自然の中で魚つり等趣味を生かす事もできたのだが都会にはこれがない。ひたすら私や物に当たるしかない。私から見ると可哀想な存在としか思えなかった。

人間はやはり心の広い多様な趣味を生み出せる人間に育てたい。夫は学校の成績は良かったようだ。暗記力集中力は強い。私と夫との関係は理と情の世界だと思う。理も必要だが適度な情がないと、このように自分中心の人間になるのではないか？ 情は持って生まれたものだけではない。苦労した人間の中にも生まれるようにも思う。

公立保育所に入って六年目の昭和六十年頃、私は精神的な病気になり、入院となる。その時の病名は「心因反応」である。過酷な人間関係、それは職場だけでなく家庭での夫の暴力にも起因する。

私が入院した時、夫は私の友人宅にあちこち電話し、職場で何かあったのでは？ と思い込んでいたようだ。私の友人から、保育所の労働や人間関係はとても過酷であり、家族の支えがなくては続けられない。家族はその状況をつかみ、受け止め、仕事し易い状況にしてあげなくてはとても勤められないといった話をされたと聞く。

職場では人並み以上に働き、勉強しながら家庭を守り夫に仕え、普通の人間では持ち応えられない精神力で過ごし、オーバーヒートを起こしたのである。病気になって当然である。夫はそれでも自分に責任があるとは感じていなかった。板倉家の母親も私と同じような運命をたどってこられ、夫である父親からの暴力的行為を受け、いつもグチられていた。

この母親が病気にならなかったのは、家庭のトラブルだけだったからである。専業主婦であり外でのトラブルはなかった。

私の場合は、女性ばかりの職場で人格のない上司のもとで又保母間の性格の違いや仕事をしていく辛さ、今程ひどくはないが難しい親もいた。

そういった状況で私は精神病を患いながら、もう仕事は無理だと医者にいわれながら、休みながら続けざるを得なかった。経済面で家庭を支えなければならなかった。又、仕事のすばらしさに続けざるを得なかった。

公立保育所は五、六年毎に異動があり、慣れた職場からの転勤を余儀なくされた。私は異動する度に職場になじめず、精神的な病気になり休まざるを得なくなった。その度に病名も変わったが、環境への不適応になっていたのだ。

辺りを見渡すとやはり感性のある人で精神病で休んでいる人が数名いた。私のように家庭的な問題がなく、早く復帰する人もいたようである。私はこの病気以降、精神病とレッテルを貼られ、陰口や差別を受けたりする事も多くなった。姉弟や親戚等にもこういう差別をする人間がいた。心の乏しい人間である。これが他人の始まりなのかもしれない。これは誰でもなる病気で感性のある人が特になるという事にはまちがいない。要するに鋭い感性を持っている為、細かい事迄気になり悩む。医者の言う通り仕事が合わなかったのである。

保育所、学校の一部は最近ブラック企業と呼ばれ私のように精神を患う人が多くなってきている。これも大きな問題といえる。

短大のスクーリングにも、やっと行けるようになった。短大に入学してから何年も経ってからの事である。

今保母として現実に保育に携わっており、スクーリングはとても内容が新鮮で、国家試験では経験できない教育の深さを感じた。

時間に余裕ができると勉強にも力が入り、特に一般教養である倫理学、心理学、哲学は私にとってとても興味のある科目であった。もっと深く学んでみたいと思いながらも今の私には猶予はない。「早く短大卒業をしなければ」

短大の事務局のNさん他たくさんの先生方も、通教生に対しとても理解があり、励ましや協力的であり、やり遂げられた事に今でも感謝の気持ちでいっぱいである。

短大やっと卒業

私は保母試験に向けてと並行して、通信教育で短大の保育科に入学した。

一緒に民間保育所で保育見習いをしていたDさんは、サッサと仕事をやめて、勉強に専念し、ドンドン単位を取っていった。スクーリングの楽しさや、勉強になった事等を私に話してくれた。私も早く行きたい、行ってみたいと気持ちは充分であったが、仕事を抱え、まだ子供は小さく家を空けられないので、なかなか勉強が進まず、しばらく休止状態であった。しかし、公立保育所に入り、二子目も段々と大きくなってやっと勉強できる体制になり、勉強を再開した。

スクーリングに初めて参加して、大学教育の素晴らしさにとても新鮮で感動したことが心に残っている。私はその時もう保育に関しては専門家的な存在で、質問が具体的すぎて、先生も困られたのか？　人前で大きな声で叱られ、理解に苦しんだ事もあった。

ほとんどの授業がとても勉強になり、今現実に仕事に携っているので興味、関心が強く国家試験では味わえない、教育の深さをしっかり学ぶ事ができたように思う。特に心理学や倫理学はなかなか難しい科目であるが私は一番興味がある科目であった。本を何度も何度も読まないと理解できない内容であった。

寒い冬の夜のスクーリングの事、外は真っ白に雪が積もっていた。冷々とした広い体育館の中、『アメージング・グレイス』のゆったりとした美しい曲が流れ、その中で体操をした後友とバレーをした時の事。仕事しながらで夕方の忙しい疲れた時間に大学に駆け込み、疲れで眠くなるのを必死にこらえノートを取る。帰りは空腹で友と食事場所を探し、やっとの夕食である。時間をとらないため駅のホームにあるうどん屋さんでよく立ちうどんをすすって帰る事も多かった。

スクーリングからの帰りは十時、十一時になり、家に帰ると子供も夫も寝ていた。通信性だから日数的には少なかったがこんな時は夫や子供に心の中でわびた。

大学では同じような厳しい境遇の中で学ばれている人達に、たくさん出会い、何十年も経った今でも、交際が続き、その頃の思い出が蘇ってきて、「あの時はがんばったねー」とお互いを認め合う時間となっている。

新しく建てられた伊丹学舎での卒業式もしっかり脳裏に焼きついている。あこがれの大学の卒業式、よく見かける現役人の優雅なハカマ姿を私も夢見ていたが着物を着る時間がなく、後日写真屋さんでハカマ姿の写真を撮ってもらった。写真を見ると、不思議とその時の感激した気持ちが蘇ってくる。

私が晴れて長期間かけてやっと短大を卒業できた、その時のお祝いとして父親から送られてきた感激の手紙を紹介しよう！

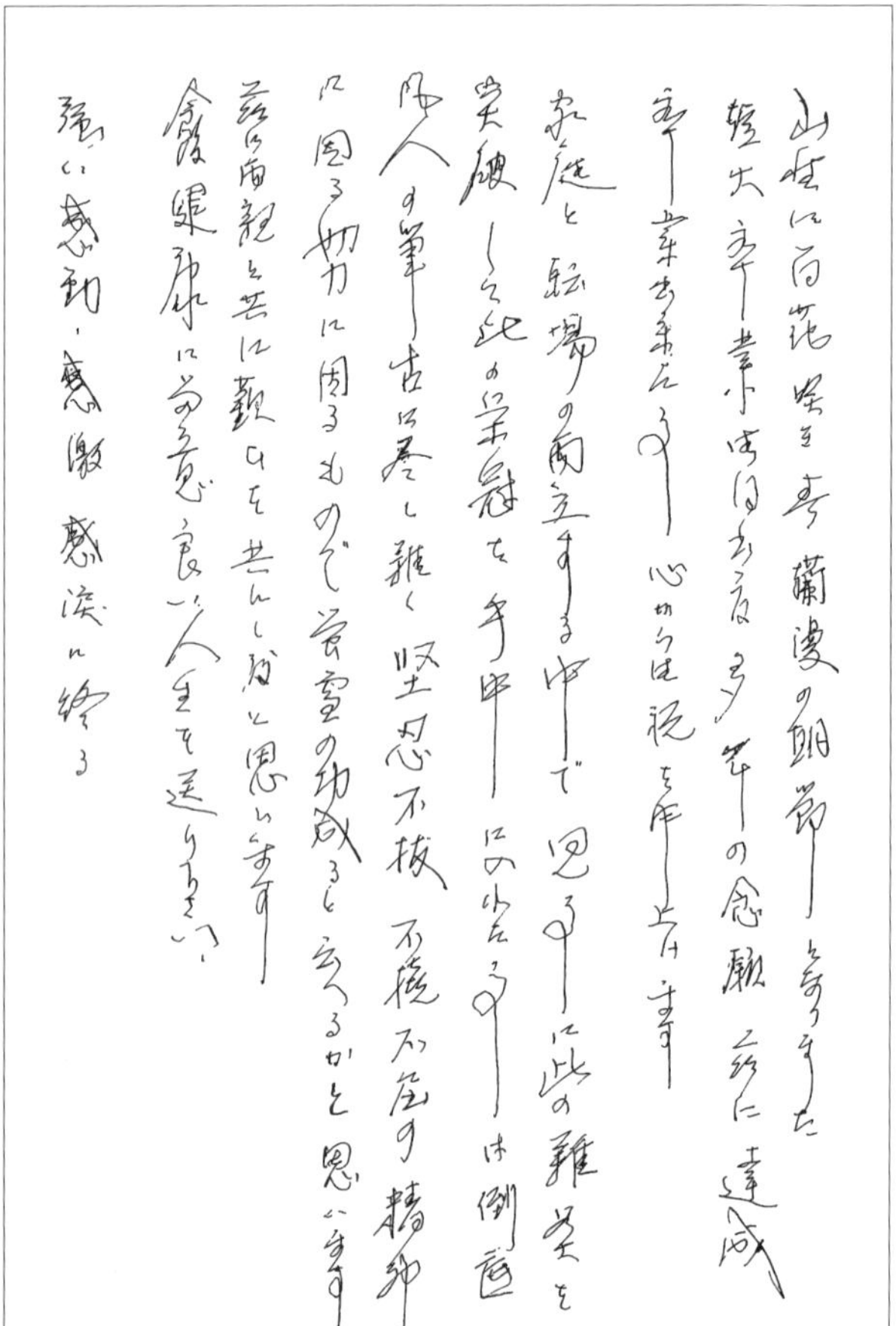

（注釈抜粋）山野に桃の花が咲き春爛漫の季節となりました。

短大卆業おめでとう。多年の念願ここに達成卆業できた事心からお祝い申し上げます。家庭と職場の両立する中難関を突破して栄冠を手中に入れた事は凡人の出来るものではない……。

ここに両親と共によろこびを共にしたいと思います。強い感動、感激、感涙に終る

最近、ほんの四ヶ月前に、大阪のとある大学のスクーリングに参加した。令和三年、四月から芸大に入学したのだが、色々な都合で、実質、勉強を始めたのは七月頃で初めてのスクーリングであった。しかし様変わりした通信教育の大学に意欲を失った。同じ系列の短大を卒業しているので引き続きと思ったが、三十年近くの間に、こんなに冷たく事務的な大学になってしまったのかと思うと大きな落胆だった。

若者優先の対応をする先生もいた。特に私みたいな年齢では、今後の可能性は薄いかもしれないが、高い授業料を同じように支払って、学ぼうとする意欲をどう見ているのか？

人権問題、教育を受ける権利はどうなっているのか甚だ疑問を感じ、これが大学かと思うと、日本の大学もここまで来たかと……。

このような先生が保育所の所長にもいたのを思い出す。担任希望を出しても若者優先、

それも、その所長の人間性、つまり巾の狭い人間の判断である。若者も年輩者もそれなりに、自分の思い、希望を持って受け持とうとしている、この一年である。若者と年輩者の融合、これによって得られる教育効果は大きい。希望を切り捨て簡単に自分の思いで判断してしまう考えのない、人間性のない上司、人権意識のない、教育の勉強の足りない上司もいて、あの市の保育所の上司はどのようにして決めているのか？疑問に思う事が多くあった。いつも上司によって振り回され、心を乱され、子供達の保育にも影響を及ぼす。上司の役割は一人ひとりの保育者が意欲的に子供の為に良い保育をしていく為の人的な環境とならなければいけない。これが上司の役目である。

教師たる者、一番大切な条件は、人格者である事だが、その人格者が近年減って、技術力さえあれば、教育者になれるといった考えが充満しているように思う。

私は習い事をするようになって、京都で有名なある大学出身の方と接する機会があり、かなり親しくさせて頂いていたのだが、ある展覧会の場でチカン行為をされた。又人は違うが会の役決めで余りにも常識を疑う行為を受けた。

メールによる攻撃である。驚く程幼稚すぎる内容に唖然とした。その後「もうしゃべらないで、話かけないで、近寄らないで、会をやめて」中学校の英語の教師を長年されていたようだが、私の教育論からいくと真に人の言う事に聞く耳を持たない、一方的に自分の考えをまくし立てる。年上の私にさえこんな対応をとるのだから、子供への対応はもちろん一方的に、機械的にしゃべり自己満足されていたように思う。自分は○○大学という有名校出身というのが常に態度として前に出てくる。有名校はいいがその後どのような人生を送りどのような研鑽を積んで自分を向上させてきたかである。みんな自分の卒業した大学の自慢である。口でいうか態度で示すかの違いはあるが卒業後の成長が何もないのである。要するに、大学は卒業したけれどもうこれが勢いっぱいで伸びる芽がない！　教育論でも述べるが、これが日本の教育の実態である。

もう次へのステップが取れない。ただ、自分の学歴にすがって生きている気の毒な方達といっておこう。

私が訴え続けたいのは、この後伸びる芽を残せている人間、つまり軟らかい心で死ぬまで好奇心向上心、向学心に燃え続ける人間の事である。

今の日本の教育環境（入試制度を含め）では、このような人材はなかなか育てられない事を訴えたい。パソコン、スマホ、テレビ等の電子器機の便利さに慣れて考える能力が低下していく。怠け者になってしまうのである。

時代の流れに任せてばかりはいられない。

どこかでくい止める事も必要である。我が市の教育現場をちょっとのぞいてみると、コロナ禍の中、タブレットを早々と持たせ、ご自慢のようだ。これだけ受身的な要素が多い現代の教育にまたタブレット？　お陰で今の子供は作文も書けない、絵も描けない、言葉での表現も苦手、自分で物事を考えられない。これでは日本の未来は望めない。早目の対策を取らなければ！　今現場にいる学校の先生はこんな事すら考えつかない情けない教育者、ロボット的存在になってしまったのか？

日本の世の中から芸術が消える。もちろん音楽も文学も美術もだ。狭い心の人間ばかりの中で犯罪は増え、精神的に病み、政治家は新しい発想も先への見通しもなく、借金はし放題、これでいいのか？　焦り危機感を感じているのは私だけなのか？　今現在が良くても先の事を考えると、今その事を見通し、手立てを考え、最小限にくい止めながら、新しい道を模索していかなくてはいけない。

それからこの頃、皇室に対する中傷や非難も多いように思われる。口軽く非難されるような皇室であってはならない。

宮内庁は何でもオープンにさせているのはまちがいであり、象徴としての天皇の威厳を皇室隅々にまで行き渡らせるべきである。

日本には開かれたイギリスのような皇室は似合わない。他国の真似はしなくて良い。日本の独自色を、天照大神がおりたった神秘的で奥ゆかしい日本のイメージを大事にしたい。皇室の結婚問題についても、皇室の方は一般人と比べ地位・金銭面等たくさんの面で優遇されている分、少しの規制は仕方ない、ガマンをしなければならない事も出てくるだろう！　国の象徴としての立場であり、それは自覚されなければならない、と私は思う。

三女の離婚

三女の姉は長年関西方面で働いていたが、結婚適齢期になり、実家に帰っていた。その内みかん農家の方と縁談があり結婚。私も幼ない長男を連れて田舎での結婚式に帰り、出席した。農家というのは現金収入がなく、姉は事務職の仕事に出ていたようであったが、土日はみかん農家の手伝いとフル回転で疲労からよく病気をしていたようだ。私はこれ以上の事は余り聞かされていない。色々な事情から、結婚数年で離婚したように思う。この後、この姉は私の二男が生まれる前、大阪の長姉を頼って大阪に出てきた。しばらく長姉の家にいた後、私の所でお世話する事になった。我家にいて、仕事探しを始め、近くで事務の仕事が見つかり通うようになっていた。

その内、家探しをしてアパートを借り、ちょっと離れた場所に住み始める。姉妹とはいいもので、おかずを多目に作っては届けたりした。子供の運動会にも一緒にお弁当作りをして見に行ったりととても良い関係を築いていった。それから半年位過ぎて、この姉に縁談が持ち上がる。写真を見るととても良さそうな人で、私もお見合いをすすめた。我家でのお見合いを経て、トントン拍子で結婚が決まった。結婚式の新婦側出席者は板倉家の家族三人だけだった。夫は姉の結婚の荷物送りに立ち合い、滋賀県まで荷物と同行した。義兄となる姉の夫は製薬会社の営業マンで、日本全国を回りとても地理に詳しく、よく一緒に出かけるようになった。前妻さんとは死別で、その当時五歳になる男の子がいた。祖父母がそばで一緒に住んでいて、この子の面倒を見られていたようだ。我家の長男より一歳年下の男の子がいた為、遊びも興味も同じで、夏は若狭の妙長寺に海水浴、五月は愛媛の私の実家に何度か車で一緒に帰省した。こういった関係で、この姉とは姉妹で一番のお付き合いとなった。よく電話もし、絵手紙も出した。お正月には我家に里帰りする事もあった。姉は義父母を抱えており、色々ストレスもあったようである。

子供が小さい時は、本当によく家族一緒に遠出の旅行も楽しんだ。

姉の家で不幸があると、家族総出でお手伝いに行き、食洗器もない中ずっと台所に立ち洗い物もしたり。田舎の大きなお葬式や法事には粗供養のとりまとめや用意もした。田舎は親戚付き合いも多く人数分用意しなければならず、親代わりの状態で尽くした。

私の田舎の母はいつも私に「ありがとうね、済まんね」と感謝の気持ちを言ってくれる事で私は親の役に立っているんだと思うと、嬉しくなぐさめられたものだった。

親密な親戚付き合いで、初めての海外旅行にもオーストラリアやハワイ、シンガポール、イタリア等一緒に行き、楽しんだ。私と夫とのトラブルの時は親身になって助けてくれた事もあった。私の夫が亡くなると、車での往来もできなくなり、疎遠になりがちだ。しかし、友人や気の合った親戚とのお付き合いは、人生を豊かにしてくれる。その中で、助け合いや思いやりの心も育まれる。このようなお付き合いも大事にしたい。

二子目を授かる

昭和五十四年、公立保育所に勤務するようになり、しばらくして私は二子目を妊娠した。片道四キロもの道のりを、身重の身体で自転車通勤を通した。身重だからといっても一人前の自分の仕事はこなしていかなければならず、産前、産後の時短が保障されていても、同クラスの先生には気兼ねしながらであった。私は元来元気な体質ではあったが、臨月はまだ遠いのにヘソの緒が胎児の首に巻きついているといわれ、家に帰ると、寝る前に病院で指導された体操を毎日続けた。胎児は羊水の中に浮かんでいる状態なので、体操をして元に戻っても又繰り返すので、一向に定まらず不安な状態が続いた。医者からは「胎児はもう逆子の状態の方が居場所が安定するので、元に戻り易いのだ」と言われた。

産休に入り後二週間で出産という時に、胎児の体勢が奇跡的に元に戻り、安静を続ける事で、ずっと悩みの種だったこの件が解決した。お陰で帝王切開をせずに、普通分娩で出産できた。二子目は、ある程度人気のある個人の開業医での出産となった。

この時も夫の田舎、山口から義母がお手伝いに来てくれた。高齢の祖母と義父は田舎で留守番となり、さぞかし不自由な思いをされた事だろう。その頃は夫の妹が離婚して田舎に居たので、妹が少しはお世話してくれたようであった。こういった訳で、私は板倉家からとてもお世話になり、ご恩返ししなければと、いつも感じている。私の両親は農業で、その上子供が六人もおり、それどころではなかったのである。

一子目の時は若くてその上経験もなく、右往左往の子育てであったが、二子目は子育ての経験や仕事での経験から、子育てはとてもスムーズで、子供が泣いて訴える要求がほとんどわかり、子育てのリズムを整える事で泣かせる事もほとんどなかった。その前に私は子供が一歳になるまで育児休業を取った。その当時は給料は無給で、休む事にも比判的な雰囲気が職場内にはあった。

私は友人のすすめで、車の免許を取る為自動車教習所に通い始める。教習所は、自転車で片道三十分近くかかった。子供が体調の悪い時は友人が預ってくれるという事になり、友人宅の近くにした。予め教習所には時間を予約しておき、その時間に合わせて子供の午睡時間を取るようにした。

途中起きてきては困るので、近所の親しくしている奥さんに、家のカギを預けておいたが、ほとんどよく眠りお世話になる事は少なかった。

私は余り運転には向いていないのか年齢的なものか、ちょっと補習があったが、免許を手にした時はとても嬉しかった。

早速中古の白い軽自動車を買って、家での練習が始まった。都会の家は車庫も狭く、車庫入れが特に難しかった。又教習所の先生を離れて一人で乗る事にも不安や恐さがあった。仕事に行き出すまでには、乗れるようにしなければと、一生懸命の練習であった。

前後するが育休制度について書くと、この頃はまだ、この制度は始まったばかりで給料もなくなるので、取る人は少なかった。私は乳飲み子を抱え、可哀想で預けて働く勇気がなかったのである。

せめて一年は自分の手でしっかりと育ててやりたいとの思いからであった。周りの人から批判されようが、これには動じなかった。

私にとってはとても貴重な子育てできる育休だった。家の近くに小さな公園がありすべり台や砂場もあり、小さなバケツとスコップを持ち、まだ歩けない時期から毎日のように連れ出して遊ばせた。夏はガレージにビニールプールを広げ、毎日のように水遊び、近所の子供達がやってきて、一緒に遊ばせた事もあった。もっともっと、そばで一緒に過ごしたいという思いを持ちながらも、一年というのはアッという間に過ぎてしまった。年度途中なのですぐに公立保育所に入れず、A共同保育所にお世話になる事になった。

共同保育所というのは公立保育所に入れない子供を中心に親同士が共同で出資して運営されている保育所であり、資金繰りの為バザー等が多く、保育料も高額だった。その度に駆り出された。先生方も悪条件の中、とても頑張って保育されており、労働条件等公立に近い形で保障される事が望ましい。

一年間の育休・復職

昭和五十五年九月、二子目が生まれて一年後いよいよ復職。初出勤の日、私は白い軽自動車に子供を乗せて出勤。自転車の道と車の道は違うのにとまどいながら車を走らせていると、初めて通る道に入った所でおまわりさんに囲まれ、自分では予期しない事でびっくり！　ここはある時間帯まで子供達の通学路で、車が通行禁止の場所であった。免許取り立ての時は運転に夢中で、標識が見えないのである。たくさんのおまわりさんに囲まれたのは初めての経験で、この為遅刻してしまいいい出足ではなかった。

長男は八歳、小学二年生、今まで一人っ子だったせいで充分かまってやったつもりでも、下の子が生まれると焼きもちがあり、表情が暗くなり心配した時期もあった。

次男も、家にいる時は満面の笑みで私に応えてくれていたが、親を離れて今までのように自分を出しきれなくなり、保育所での写真を見ると、笑顔が消えショックを受けた事もあった。働くという事は子供の事になるとちょっとした事でも自分の責任ではないだろうか？といつも自己嫌悪に陥りがちになる。

職場からの帰りは次男を保育所に迎えに行き、洗濯物を手さげ袋に入れて持って帰ってくる。長男は小学校二年生になり、学童保育もなく家で留守番、俗にいう「カギっ子」だった。可哀想で、寂しいのではないかと、職場である保育所の子供達の給食、午睡指導が終わり休憩時間に入ると、職場の公衆電話から毎日のように電話をかけ、声を聞いてホッとする。毎朝、忙しい時間をさいて、小さなメモ紙に短文の手紙を書き、少しでも寂しさが和らぐよう、親の気持ちを伝えるようにもした。

仕事から帰るとすぐに夕食の支度である。買い物は、日曜日に一週間分のメニューを考え計画を立てておいた。この時は夫の協力もあり、車で一緒に大きなスーパーに行き、まとめ買いをした。日曜日はその為、冷蔵庫がいっぱいになる。保育所の帰り、運転しながら今日の夕食のメニューを具体的にイメージしながら、家に着いたらすぐに取りかかれるようにした。

私の大事にしてきた事は、働いているからといって、料理に手抜きをしない、という事であった。ちょっと時間がかかっても、コロッケやスコッチエッグ等も手作りした。

年齢が八歳も開いているので兄弟げんかはほとんどなく、上の兄が弟に手を取られ私に今までのようにかまってもらえなくなり、少し表情が暗くなり気になった事もあったが、徐々に兄らしく成長していってくれた。私が会議の為お迎えに行けなく、学校から保育所は近いので兄が迎えに行き、遠い道のりを連れて帰ってくれた事もあった。

仕事を持っていると、自分の行事が重なって、運動会や生活発表も見に行けない時もあった。田舎で結婚していた姉が離婚し関西方面に出てきて、短期間ではあったが代わりに見に行ってくれ、とても嬉しかった。短期間ではあったが、私の帰りが遅い時等もよく面倒を見てくれた。夏休みになると二人の子供達は山口の義父母の所に預けた。家で留守番よりも祖父母との関わりや自然の中で過ごせる方が、子供にとっても祖父母にとっても良い教育になると考えたからだ。まだ次男三歳の時、新幹線の指定席に座らせ一人で広島まで行かせ、そこから祖父が迎えにきて連れて帰るといったちょっと無理な冒険をさせた事もあった。着いたと連絡があるのを心配しながら心待ちした。一か月余りの長い期間を田舎でのんびりゆったり過ごし、少し太り気味で帰ってくる子供達。大好きなおじいちゃんおばあちゃんと関わり田舎で楽しく過ごせた様子を感じ、義父母に感謝したものだ。

若い時は仕事にも忙しく、子供を充分に愛してやる時間も限られる。祖父母は子育ての経験者でもあり時間もあり、これが深く優しい愛につながる。子供の成長にとってとても大切な愛であると思う。親の足りない分の補い役といえる。

思い出の親子旅行
父チャン・母チャン、ここが東京だよ、ここが日光だよ

昭和六十三年、次男も小学校の低学年になり落ち着いてきたので、父母を東京見物に誘うと、とても喜んでくれ実行に至った。夫はこのような事には協力的で、切符を取ってくれたり子供との留守番も嫌がらず引き受けてくれた。

京阪神方面に四人の娘達がおり、一日づつ順に相手をして、日帰り旅行をする計画も入れた。大阪の端の岬町の姉の家だけは、母が出産時に手伝いに行った事があり、場所が遠くて時間がなかったこともあって、今回は初めての三人の娘宅を拝見という事になった。

最初は長女宅。長女と三人で奈良見物をし大仏さんを見てきたと嬉しそうに父母が報告してくれた。私は京都を案内。夫の車で出かけたのだが、二条城、金閣寺、その後父母の希望だった清水寺に向かうが、車の渋滞に遭い閉門時間になって行けず、とても残念そうであった。昔から「清水の舞台から飛び降りる」という言い伝えがあり、どんな

高いところなのだろうといつも想像して是非見たいと楽しみだったようである。

翌日は三女の嫁ぎ先、滋賀県である。ここは田舎で家も広く、周りに田畑もあり、ゆっくり落ちつけた事だろう。ここでは、伊勢神宮に連れていってもらい、参拝できてとても満足そうであった。まだ再婚して年数が浅いので、気疲れもあったのではないかと思ったものである。

さあ、いよいよ東京見物である。父母と私、そしてこの滋賀県の三女の姉と四人で出発、新幹線に乗り東京へ。私も十五年ぶり位の東京であり、なつかしさで気持ちも踊る。

一泊目のホテルは、皇居のすぐ近くの丸の内ホテルであった。父は、あこがれの皇居の周りを散策し、二重橋の写真をあっちこっちと方向を変えながら、自分のカメラに収めていた。夜は銀座に連れ出し、店のウィンドウショッピングを楽しんだ。父は日頃から便秘気味で、こんな都会の真ん中でバナナが食べたいと言い出し、裏通りでやっと果物屋さんを見つけたがバナナは高額だったのを覚えている。このようにして東京での一夜が過ぎた。

この間ずっと自由行動であったが、私の案内で移動する。

翌日はDランドへ。一日チケットを四人分買いDランドを満喫しようと思ったが、当てはずれ！　母は喜んで姉や私についてきて、池に浮かべてあるDランドの船に乗りはしゃいでいたが、父は不機嫌で乗ろうとしなかった。「こんな所で過ごすんだったら、もっと名所旧跡を見たい！」と言い出し、父の機嫌を取るべく船からあわてて降り、父の要求に合わせて新宿御苑や東京タワーに案内する。私は売り出したばかりのビデオカメラを購入し、父母の旅行記録にしようと持ち歩き撮っていくが、まだ出始めたばかりのビデオカメラは重くて肩にずっしりときて大変だった。東京で二泊した後、日光に向かう。姉は歩くのが遅くモタモタしていると、父が「貸しなさい」と姉の荷物を取り、両手に荷物を抱え軽やかに先頭を歩く。その姿に、まだまだ元気で長生きしてくれる！と、頼もしく感じたものだ。

東京から電車で数時間、電車の中では誰への気兼ねもなく、車窓から見える風景をながめながら親子のおしゃべりが弾んだ。

あっという間に日光東照宮に着き、参拝した後は左甚五郎の「眠り猫」、「見ざる、聞かざる、言わざる」の彫刻等、とても熱心に見ていた。細やかな造りの陽明門は行きも帰りも驚きのまなざしで感心しながら、カメラをかまえたりして見とれていた。

裏側にある徳川家康の大きなお墓にも、たくさんの階段を上ってお参りした。

夕食を取った後、みんなで華厳の滝にも下りてみるが、残念！　工事中で見れなかった。

翌朝早くに日光を出て、帰路に向かう。上野から東京駅に着き新幹線を待っていると、父が、「赤穂浪士の泉岳寺に行きたかった」と言い出し、急拠タクシーを呼んで泉岳寺に向かう。タクシーを降りるとたくさんのお墓で、新幹線の時間もあったので、通りがかりのお坊さんに「内蔵助のお墓はどれですか？」と尋ねると、このお坊さんはちょっときつい口調で、「内蔵助だけでなく全員の方のお参りをしてあげて下さい！」と言って去られていった。こちらにも事情があったのだが、わかってもらえる時間もない。

この後急いで全体を回ったが、その後どのようにして回ったか、はっきり覚えていない。又急いで東京駅の新幹線乗り場に戻り、何とか予定の新幹線に乗った事は記憶にある。私が東京駅に詳しく、迷わずに新幹線乗り場に行けたのでぎりぎり間に合った。

こんな訳で、親子水入らずの楽しい旅行はとても良い思い出になり、父は皇居や京都の金閣寺等、自分で撮った写真を大きく引きのばして額に入れ、みんながよく目にとまる沖の間に飾っていた。

この何年か後に行った二回目の旅行には、もう一人の姉二女も加わり、五人旅行となった。

山口方面で、湯田温泉、秋芳洞、瑠璃光寺、カルスト台地、秋吉台を回り、帰りは広島で一泊、原爆ドームや平和記念公園をお参りし帰る。ホテルの料理が美味しいと舌つづみを打っていたのが頭に残っている。山口は夫のふるさと、何となく寄れず申し訳ない気持ちであった。おつき合いが少なく、気兼ねがあったのである。父母を松山行きの電車に乗せ別れた。私はビデオ撮りに追われ忙しかったが、帰ってからビデオテープにして送るととても喜び、何度も何度もテープがスリ減ってしまう程見て、思い出に浸ったようであり、役に立てて良かったと嬉しかった。親子旅行の楽しい思い出。それぞれに生活があり家族全員で行けなかったのは残念だった。

それから何年か経ち、義父に親子旅行の話をしたら、「私も一緒に行きたかった」と言われ、心に温かさ広さを感じとても嬉しく、遠く離れていた親戚であったが、しっかり心はつながり、もっと交流したかったと思ったりしたものだ。

義父の死

板倉家に嫁いで一番私を大事にし、嫁として認め私の居場所を作ってくれた、義父吉蔵がこの世を去った。平成七年四月、阪神・淡路大震災の年であった。七十二歳の若さであった。

義父は戦争で日本を離れ、大変な御苦労もされたようだ。総理大臣から賞状も頂き、仏間に飾ってあった。義父は幼い時父親を亡くし、母親一人で育てられた経験から、かなり生活も苦しい中きょうだい四人で頑張って生きてこられたに違いない。その苦労が人間性の中ににじみ出ていた。

いつも広くあたたかい心で私達家族を受け止め、守ってくれた義父であった。私達家族が大島に帰るのを、義母と共にいつも心待ちにし喜んでくれた。帰ると、新鮮なお刺身やメバル等の高級魚の煮つけや義母手作りの野菜料理が並び、お酒を飲みながら歓談した。義父も夫もお酒は強かった。ほとんど飲んだ事のない私にまで「これからの女性はお酒位飲めにゃー」とすすめられ、私も段々とお酒の美味しさがわかり、飲めるようになってきた。

義父も若い頃は警察官だったと聞く。戦争から帰ってからは、近くにある精神病院の事務職に仕事を変わられたようであった。

五十を過ぎて脊椎間狭窄症で入院された時は、山口まで家族でお見舞いに帰った。この手術後の経過が良くなかったのか、段々と歩くのが困難になり、足が冷えるといってコタツに足を突っ込んでじっとされている生活が多くなっていった。腰の病気というのは恐ろしいものである。

桜の花も散り始め葉桜になりかかっていた平成七年四月中旬に義父は亡くなった。心筋梗塞であった。人の命のはかなさを身近で感じた。私にとってとても大事な存在の方の死にまだ信じられない気持ちながらも、夫と一緒に喪主を務めた。帰りの車中から見えた錦帯橋もぼんやりとしながら通り過ぎた。心にポッカリと大きな空洞ができたような気持ちであった。義父の四十九日の法要で帰省した際、梅雨で大雨の日があり、初めて雨もりを知った。あちこち雨音がして容赦なく畳の上に雨が落ちてきた。バケツやお風呂の洗面器等床に並べて回った。義母からの話によると、「義父は雨もりの事はわかっていた」のだろう。

義妹が離婚して家に戻り、援助が必要になり家計が大変だったのだろう！　私達にも遠慮があり言えず、一人で気にしながら修理できなかった辛さを思うと可哀想でならなかった。すぐに業者をネットで調べ、修理を依頼した。家が大きく古いのでたる木まで傷んでいて、高額の出費であった。

この後法事が続き、又夏のお墓参りと、山口への帰省が続いた。檀家のお寺は「快念寺」といい、とても丁寧によくおつとめしてくださるお寺である。最近人口減少でひっそりしているお寺が多い中、快念寺だけはいつ行っても元気を頂ける立派な寺で誇りに思っている。義父の死により板倉家の人間関係にも少しづつひびが入ってきて、夫と義妹、義母との間にわだかまりが出来、夫は山口の帰省をしなくなってきた。

義父の存在の大きさを知らされた思いであった。

私の教育論

私は、三十年以上の長きにわたり、保育所の保母として勤務し、たくさんの子供達と関わってきた。自分の子供の育て方も含め、子供の教育への深い関心を持ちながら……。最近仕事を離れ時間にゆとりができ、私の人生をふり返りながら、教育論を述べていきたいと思うようになってきた。

私の厳しい、苦しい、楽しい人生経験の中に教育的要素がたくさん含まれている。これ等の事を今後の教育に生かして頂けたら、そして、すばらしい子供に、すばらしい大人に、すばらしい日本人に成長して頂けたら、幸いである。

今の日本はいいようのない閉塞感にあふれ、政治にも大幅な改革が必要ではないかと感じている。まずは、教育の改革が先決ではないか？　なぜ昭和の時代のような、作曲家等の芸術家、科学者が出現しないのか？　そこには、感性、好奇心、想像性を無視したただの詰め込み教育、知識偏重の教育に、又試験制度に問題がある。もっともっと大事な、自分の頭で考えて判断できる、一人ひとりの個性が認められ発揮できる人間作りが大切なのではないだろうか？　暗記力や知識の多い少ないで、大学進学がいや、人生が決まってしまう。

有名大学はこの集団にしめられている。大学は出たけれど力が発揮できないのは当たり前である。この試験の達成感、つまり有名大学に入学した達成感を味わうと同時に燃え尽きてしまうのである。

スイスの精神医学者ユングは、リビドー、すなわち精神的エネルギーが作用する方向によって人間のタイプを分け、外向性と内向性とに分割した。外界の容体に向かう傾向を持った人を外向性、エネルギーが自己の内面に集中する傾向を持った人を内向性と呼んだ。

外向性の人は外界の対象に興味や関心が向き易く、従って、思考や感情、その他あらゆる行動もこれに関連してなされる傾向にある。すなわち、外界の活動に心を奪われる結果、その行動も強く活動的で統率力がある。社交的で実行力に富み、熟慮するより先に行動するという、行動的、積極的なタイプである。

内向性の人はこれと対象的に、興味や関心が外界よりは自分の内面に向き易い。従って、万事につけ控え目で思慮深く、非社交的で孤独である。あれこれと迷って、なかなか実行に移せない。行動するよりは、思索や空想にふける、消極的なタイプである。

この二つの傾向はすべての人間に存在するが、そのどちらかの傾向が比較的優勢になるかによって、その人間の型が決まるのである。

要するに、内向性の方は集中力がありそれだけに没頭するので、記憶力や機械的な計算力等は断然強く、今の入試制度、教育制度に合致しているのである。

私は職業婦人として、何十年にもわたりたくさんの人と関わってきた。また夫を含めた自分の身近な人達も含め、観察し分析した結果である。有名大学、〇〇を卒業したとか〇〇大学を好成績で卒業したとかいう経験の人等と関わる中で、全くこの方達は内向的で、事務職には向いているが、教育の現場ではこんな融通性のない許容範囲の狭い人間がはびこって、自分の考えを子供に押しつけて、決して子供の思いや考えを聞いたり引き出したりしようとしない。心が狭くそんな力がないのである。こういう人は感性がないので、人に対しても平気できつい言葉をいったり、行動を取るのである。こんな人間に教育されて、感性が育つ訳がない。感性のある外向的指導者は、こんな集団の中で仕事をするのがしんどくなり、本当に教育者として向いている人がやめていくのである。

こういう教育現場の実態を、この機会を借りて少しでも出せる事は、私にとって有意義といえる。

教育関係者等は特に、タイプでいうならば外向的な人の方が向いている。

広い視野でどんなタイプの子供も受け止められる、許容力を持っているからである。逆に内向的なタイプの人は自分中心で、子供に対しても、押しつけ教育をしている場合が多いのである。自分の性格と合わないと無視したり怒ったりして、自分の方に向かせようとする。相手が子供であっても、常に自分が優位に立たないと納得できないのである。こんなタイプの先生に担任してもらうと、合わない子は勉強が嫌いになり登校拒否も起こす。これが、今の教育現場の実態である。

今の高学歴の生徒の就職は不利というアンケート調査があった。つい最近のアンケートである。就職難民ともいうそうだ。華々しい学歴にもかかわらず、自分を客観的に見る事が苦手だったり、話す事、つまりコミュニケーション能力が低い、自分で考える力が弱い等が指摘されている。受験勉強ばかりに力を入れ孤独に勉強、暗記に力を入れてきた結末だといえる。

充分内容を飲み込まないままに暗記力でたくさんの事を詰め込んだに過ぎない。この受験戦争で有名校に入った子供達はもうその後は息抜きして、次への新たな意欲は出てこない。エネルギーを使い果たしたからでもある。

様々な体験時間を犠牲にして受験勉強を勝ち抜いてきた訳であるが、このような子供はこの受験が自分に合っている訳である。自分が得意な分野である為である。今の大学生の就職内容というか仕事はＩＴに関連した仕事が中心ではないだろうか？　文学的な芸術的才能のある人は、最初に述べたように統一試験でふるい落とされているのである。今や大学を卒業しても学歴だけでは就職できない時代といわれる由縁である。

そういった意味で、私はこういう統一試験に基づいた合否で大学を決められたり成績の優劣を安易に決めてしまうのは片寄った考え方であると思う。特に大学の場合は、学校の独自性を尊重し、学校独自で試験内容も決め、少しくらい試験の点数が落ちても、特に芸術科等の場合は実技を優先する位の基準にする柔軟性が必要だと思う。

私は文学学校に行ったが、大学で文学を学ぶという事は、本の一冊や二冊は大学の勉強の中で出版する経験をもつ位のレベルが必要ではないか？　大学の文学部はどんな勉強をしているのだろう。ちょっと知りたくなる。

そういう事を考えると、ペーパーテストによる合格がこのような実態を引き起こしている事を改めて感じる。今の大学というより専門学校的なものにしてもいい。音楽家、作曲家、美術家、小説家等を目ざす芸術家教育について、私はこのように考える。今のままの教育では、すばらしい小説家も科学者も作詞、作曲家等の芸術家は、決して出ない事を声を大にして訴えたい。

再度いっておきたい。学校の先生の役割は知識を与えるだけではない。一人ひとりの個性を見抜き、一人ひとりに合った対応を心がけ、常に子供の意欲を引き出す努力をする事が大切である。引き出し方は個々に違うのである。昔は知能テストなるものがあったが私はその一人ひとりの持っている力を見ていく上で知能テストは必要だと思う。その子をどう伸ばすか？　何に向いているか？　親や指導者の手立て、ヒントにもなると思う。

コロナ禍でリモートによる教育が流行し、一人に一台のタブレットを早々と持たせて得意になっている市（学校）もあるようだが、こんな時こそ作文を書かせたり、絵や習字作文等を書かせたりして、得意なものに楽しく取り組ませていく機会が必要と思われる。今の子供は、作文も書けない、絵も描けない、書道にも興味がない、どこを見ても携帯、タブレット、テレビを触って夢中である。このような環境の中で芸術家が育つ訳がない。大事な考える力も育たない。授業のあり方について、もう少し日本の文化を大切にする内容を重要課題にすえ、日本を重厚な国に！　外国にない独自色を教育の中にも打ち出すべきである。他の国と比較して語学力がどうだとかいう事はない。まず日本らしさを大切にした日本語教育である。英語力ではない。これによって、観光立国としての中身も充実されるだろう。外観だけではない。内面も含めて、これからの日本は日本のすばらしさを全面に打ち出せるよう、全国民が総括躍で力を発揮した観光立国を目ざしたい。

私の周りに内向的な人はたくさんいるが、この人達をよく観察してみると、考え方にほとんど進歩が見られず、いつまでも同じ事をして満足している。自分で物事を考えられない、人の真似をするのに一生懸命である。また変化を恐れる。許容力が狭い。

今、このような人間が増えてきている。

昔はゆったりと自然の中で過ごし、自分の考えなるものを育む時間が充分にあった。今はそれがない。詰め込み、入試に追われ、ゆとりがなく、自分でゆっくり考えたりする時間がないのである。幼少期からそういう訓練がされていない。

大人になって、自分にそんな力がなく、嫉妬心から集団で嫌がらせをする等、大人の世界でもそんな人間が本当に多くなってきている。恐ろしい事だ。自己肯定感のない人間である。こんな人間は自分も他人も認められないのである。

広い視野で物事が見られない、感じられない、こういう人達が今の日本の国をリードしようとしている。三十年もゼロ成長、こんな弱体化した日本に憲法改正と騒いでいる。その前にする事がたくさんあるのではないか？　今の憲法ですら守られていない戦争の放棄、基本的人権の尊重等今の憲法をじっくり学び実行してからの事である。日本は戦争はしない恒久の平和を誓ったはずなのに。

たくさんの犠牲者を出し、その方達のお陰で平和を勝ちとったばかりである。もう決して戦争を起こしてはいけない。基地を増やしたり武器を増やさない。未来を担う子供達には平和で安定した生活ができる環境を日本を作ってやらねばならない。それが私達の責任ではないか？

今の政治家の中には、一人としてこのような日本のこれからについて考えている人はいない。今の出来事に追われ、たくさんの人数でもなかなか解決策も生み出せない。私は政治家、特に今の国会議員には「ノー」を突きつけたい。人数ばかりいても何の進歩も見られない。

子供の教育について

子供の教育について、何が大切か？　今の親も教育者も大きなまちがいをしながら、教育に、育児に携わっているように思う。

教育論でも述べた通り、知識がいっぱいある子が頭の良い子だろうか？　親のいう事に従順で、早くから遊ぶ時間もなく塾通いにいそしみ、家に帰ると又塾の宿題、学校の宿題、親も先生も勉強する子がいい子のイメージで最近の子供の教育はあたっている。

確かにこのような子は段々と多様な知識や早い計算力等身につけていく。しかしこれはすべて受動的行動であり、自分で能動的に行動する行為ではない。このような生活を続けた子供は、周囲から決められた事はしっかりやるが、自分で考えて行動できる力が弱く、指示待ち人間になるだろう。大人になった時には、自分から積極的に趣味を開発したりする力も弱く何もしないでテレビの番に終わる。もちろん友達作りも苦手で狭い人間関係になりがちである。

多くの母親は、特に都会に住む母親に多いと思われるが、自分自身もする事がなくて、その余ったエネルギーのほとんどを子供の育児教育に振り向け、子供にベタベタとひっつき、何くれとなく世話をし、ブランドのきれいな服を着せ、ペットのように扱っている。

やたらと子供の行動を監視し、何事にも口出しする。

このような過保護や過干渉の母親に育てられた子供達は、意欲と自信と覇気のない指示待ち人間になってしまうのである。

子供に色々と先回りして教えすぎて、かえって子供を無気力、無感動にしてしまっているのではないだろうか？

子供らしい感動や驚き、好奇心の部分に大人は常に共感しながら栄養を与えてあげる事が大切である。大人自身がみずみずしい感性や好奇心を持って接してあげられる力が要求される。今の親はどうか？　教育者は？

これからの教育の大きな課題である。

子供達の自主性を重んじ、子供達を主役の座にすえ、自発的感覚を持った生活をさせる育児教育が必要である。

乳幼児の時代に、大人から自分を認めてもらい優しく育てられた子供は、大人になっても他人を認め信頼する人になる事は、発達心理学にも証明されている事だ。そんな大人が増えれば、争いも減り、もっと子供を大切にする社会になり、世界は平和の方向に動く事になるだろう。

詰め込むよりも引き出す、教えるよりも上手に聞いてあげる、これが子供の自主性を持たせるポイントである。

子育てで一番大切な自信とプライドにつながり、「ぼくはできるんだ」「お母さんはぼくの事を信頼してくれている」これが自己肯定感につながっていく。

大人の感覚で、能率良くムダを省く子育ては決して通用しない。大人のムダであっても、子供にとってはとても大事な経験したい内容が含まれていたりするからだ。現在の子供の願いや育ちを無視するような子育ては、一〇年、二〇年先の子供を幸せにするとは限らない。現在の親が勝手に描いた子供の未来像に当てはめて、子供を追いたてても決して思い通りの大人に成長してはくれない。依頼心の強い、自分の考えを持たない、意志薄弱な子供はそのままの状態で大人になっていくのである。

現代は忙しさに加えて、早く賢くしなければという親のあせりや競争心が強くなり教育熱心が度を越す状態で、無力な子供達は親に振り回されいい子を装い、合間の携帯のゲームやテレビがせめてもの発散材料。このような子育ての中で感性、好奇心、想像力等育つ訳がない。

そもそも感性とは、目・耳・鼻等の感覚を通して、外界に反応する。人にとっては肉体的にも精神的にも、その存在や生命の本質にかかわる能力である。

「われ感じるゆえにわれあり」

自然の息づかいを感じる

人の心を感じる

神の気配を感じる

古来より日本人は、感性を働かせて三つの調和の中で生きてきた。

それは自然（生き物や生命）との調和（つながり）。

人との調和（感謝と思いやり）。

神（自然に宿る神や精霊あるいは神霊等の見えないもの）との調和。

この三つの調和により、感動する心や人生を愛する心が養われ、健全な精神も育まれる。

アメリカの生物学者レイチェル・カーソンの『センス・オブ・ワンダー（自然界の美しさに感動する、しなやかで繊細な感性）』が一時期盛んに取り上げられたが、子供達の世界はいつも生き生きとして新鮮で美しく、驚きと感性に満ちあふれているのに、私達の多くは大人になる前に澄み切った洞察力や美しいもの、畏敬すべきものへの直感力を鈍らせ、ある時は全く失ってしまう。

大都会の密集地帯に育った若者は、有機的創造物（生きもの）の美と調和を知るようになる機会をほとんど持たない。

子供達は密室から出て人工のものとの対話から離れ、自然の中で生命（いのち）あるものと対話を楽しむようにしないと、感性は潤いを失って無機的になり、鈍り、やがて萎縮してしまうのである。そして、自然の生命あるものとの対話、感じ取ったものを言葉や態度で表してこそ、感性は深まり広がりを持つ。少年期以降は、乳幼児期の「知情意」により科学者や芸術に対する感性が磨かれ、さらに哲学や思想に対する感性が研ぎ澄まされる事になる。

スイスの心理学者J・ピアジェは、科学者について「心ときめかす驚きは、他の人が何とも思わない事に驚きの感覚を持つ事である」と述べている。それは「心ときめかす驚き＝センス・オブ・ワンダー」の感覚であり、新たな「気づき」へとつながる感性である。

親自身が母親としての広く深い愛を持ち得ていない。仕事等により忙しすぎて、十分子供に親の愛を与えていない。

子供との関わりが薄い為、子供自身も親の愛とはこういうものなのかと実感した経験に乏しい。

子供は幼少期は特にどの子も好奇心に富み、どんな事も吸収しようとする能力は充分持って生まれてきている。それが環境によって段々と好奇心、意欲、感性等が薄れ、大人になるとほとんど持ち得なくなってしまっている。環境の一つが人であり、父母、教育者、自分の周りの人達である。もう一つの環境は自然との環境、都会に生まれた子供は感性が育ちにくいといわれる所以である。田舎に生まれた子供は嫌でも山、川、海、植物等自然との関わりの中で育ち、その関わりの中から感性が育まれていく。最近感性のない大人が段々と増えてきている。家の近くの住宅でも、昔から住んでいる七、八十代の人は狭い庭でもそれなりに色とりどりの四季の花野菜を植え楽しんでいる姿が多く見られる。その中で隣の草花を見たり、美しい物に対する感性を持っておられる。時にはそれが話題になっておしゃべりしたり、花を交換し合ったりして交流にもなっている。ところが、ここ十年以内に建てられた新築の住宅が並び、四十代前後位の人達の住んでいる集団は、植木鉢一つない家がほとんどである。草花の美しさや可愛がる感性が育っていないのである。この感性は草花だけではない。自然に関する興味がかなり薄らいできているのである。「レイチェル・カーソン」の所で自然との関わりがいかに大切かについて述べてきた通りである。

子供はどの子も大人達から愛を注がれるべき存在である。とりわけ、親をはじめとする家族、教師、保育者、地域住民から愛される権利を持っている存在である。ところが、最近愛を実感できないまま育っている子供が増えている。

特に親の愛を実感しないで育っている子供の気になる行動として、友達に対して暴力的であったり、友達嫌いで友達と交わる力に欠けている。

ちょっとした事ですねたり、必要以上に教師や保育者に甘えてきたりする。失敗した時に立ち直る力が弱い傾向にある。これ等は子供の姿であるが、親の原因として、
○忙しくて疲れていて子供に対してゆったりと対応できていない。心にゆとりが持てない為、ついガミガミいってしまう。
○受験戦争、学力競争のあおりを受けて、親自身が学力一辺倒で子供を評価し、追いたてる。
○生活苦や夫婦間の問題でエネルギーを消耗して、子供に向けるべきぬくもりのあるまなざしをくもらせている。
学力以前に、このような子供を取り巻く環境を整えてやるのが先決である。特に親からの影響は大きく、塾通いでは子供に身につかないゆったり、のんびり、自然の中での自由に遊ばせる時間、その中には、子供の将来必要な、好奇心、想像力、創造力、感性や自立心が仲間との遊びの中での協調性、さらにまだまだ隠されている大きな力がある事、これが生涯の学ぶ力につながる事を訴えて、又現在の子供の肯定面を認めほめる事によってこそ、困難を乗り越えて生き抜く力を子供の生命力に宿らせる事ができる。こ

れからの日本の子供達がどの子も自己肯定感を持ち自信と意欲に満ちた大人になり、すばらしい人生を送ってほしいという願いを込めて！　自分の人生から又保育教育に携わってきた経験から、未来を担う子供達がどの子もすばらしい成長をとげ、すばらしい日本を創っていく事に願いを込めたい。

まちがいを恐れる、結果良ければすべて良し

結果主義的風潮が強まり、物事の過程を大事にしなくなった為、管理主義が日常生活に浸透して、あれもダメ、これもダメといわれる事が多くなった。

受験競争の影響で○が善、×が悪という感覚が、子供達の価値観を縛るようになった。豊かな遊びが減って、遊びながら失敗を楽しむ経験が少なくなった。

子育てにおいては、完璧な親を演出するより、子供と一緒に失敗を悔んだり、笑いで包んだり、やり直したりする事の方が大切。その方がより人間的だからである。

失敗を隠したり、いいのがれる為に知恵を使う子。……けんかが少なくなってきた。子供はけんかしながら育つのである。けんかをいじめと思い違いをして大人が請け負ってしまうと、子供自身の力で仲直りする手立てと機会を取り上げる事になり、けんかを成長の糧とする事ができなくなる。

日本の子供は、あきらめが早くなった。「ダメ、ダメ」といわれる事が多い。自己肯定感が弱い、他者も肯定できない。「ダメじゃないんだ」と思わせる愛、できた、わかったと喜ばせる愛が、子供達に注がれる事は親、先生の質にかかっているといえる。

指示待ち族にさせない為には、「自分で」の気持ちを小さい頃より持たせるような教育が重要である。大人も子供も自分で考えられず集団や人にくっついて、意見がいえない人間が何と多い事か！　基本的人権の尊重とうたわれても、自分の考えを持たない人間は何かにくっつくしか生けていけないのが現実である。

宗教団体に入るのも自分で内容を理解して入会するのではなく、ただ集団に入る事で自分を安定した場所に置きたいという安心感から入会されている人も多いように見受けられる。

暗記力で合格した人間、物事を広くとらえて考えられない、又自分は一流大学を卒業しているという学歴偏重の考え方、こういう自信満々の先生が増える事で足の着いていない教育現場が増え続けていく事だろう！

一流大学を出ても常に謙虚な姿勢で何人からも学ぶ姿勢を持つ事がその人の成長につながる。子供の言動の中にも反省させられ学んだりする事もたくさんある。子供だからといった上から目線は人権尊重からも反する。真の基本的人権の尊重の意味を理解しこだわった生き方を大切にしたい。

私と描画、美術活動

私は子供の頃は絵を描く機会は余りなかった。小学校六年生の時に、図工で私は「カンナ」の花絵を描いた。その時先生にほめられてとても良い点をもらった事が記憶にある。

保母時代は上手な先生がいてサッサと描いてくれ、私は時間がかかりなかなか上手く描けないので、人任せの事が多かった。

子供が大分手が離れた頃、近くの郵便局にすばらしい絵手紙がたくさん展示してあるのを見て、私も描きたいといった気持ちに駆られて絵手紙を始めた。教室に月二回通っていたが私はまだ仕事をしており休む事も多く、六、七ヶ月でやめ、本を買って自分で絵手紙を始める。田舎で父の介護をしている母宛によく描いた。最初は色も形も何に見えるかわからないような絵であったが、母は着く度にほめながら、喜んで電話をしてきていた。

少しマシな絵になり、離れている姉達や友人、親戚の方にも出すようになり、段々枚数が増えていった。友達との交流も深くなり、絵手紙のすばらしさを感じていた。今も交流は続いている。

父が筋ジストロフィーの病にかかり母は介護に追われ、遠く離れ家で手伝う事もできない。私のしてやれる事は絵手紙しかないと、セッセと絵手紙を描いて送る日々が続いた。父も一緒に見て楽しんだようである。

高齢の叔母や友人にも時々送って喜ばれている。

私は六十五歳より水彩画を始めた。保育所の保母だったので、五歳児クラスの担任の時、この年齢の描画活動は大人の絵の指導とは全く違っているが、一年間の間にどの子も絵が大好きな子供に成長してくれた。絵を描くという活動は気持ちをリラックスさせ、自分の思いが自由に出せるようにしてやる事が基本である。又描いたものに対し、しっかり話を聞いてやり、認め次の意欲につなげる事が大切だ。

子供に描かせながら、自分も描いてみたいと思う事もあった。

絵の教室に入り草花や果物を描いたり、電車やバスを乗り継いで、お弁当持ちでスケッチに行ったりとても楽しい時間を過ごせるようになってきた。

皆さん、長年続けられている絵の大先輩ばかりで、人前での合評になると私は恥ずかしい思いもした。私の絵が一番下手でよく目立った。

先生は描き加えたりアドバイスしたりして、とても優しく指導にあたられ、どの教室も感謝、感謝であった。年に一、二回は展覧会があり、自分の絵を人様に見てもらう？

大丈夫か？そんな気持ちで、初めての展覧会に参加した。

次の展覧会ではもっと上達した作品を見てもらいたいといった気持ちに変わっていった。

絵というものは、そう簡単に上達するものではない。でも自分の力以上の絵が描け嬉しくなる時がある。こういう事の繰り返しで上達していくのだろう。

自分の行っている会以外の展覧会を見る機会も多く、水彩画にとどまらず、油絵、水墨画、日本画と違った画風の中に又すばらしさを発見し、油絵、水墨画も少し始めるきっかけになった。私には水彩画と水墨画が向いているようにも思う。

私はどちらかというと静物画の方が得意で、「花、人形、果物」等をよく描いたが、風景画も今夢中になって学んでいる。

「やればできる」自分なりの風景画が描けるようになるまで、頑張っていきたい。

美術活動に加わり、たくさんの人や絵を見せて頂いてわかるのだが、絵はその人の性格を如実に表わす。合理的人間は、絵も含め理的な建築物等堅い表現のものを好みがちであり、作品に広がりが余り見られないのに対し、柔軟性のある人間は絵に幅があり多様な感覚を持ち合わせるので表現力の豊かさが感じとれる。

文学についても同じような事がいえる。これはすべて感性につながっているといっても過言ではないと思う。上手、下手というよりもその人個人の感性の表現であり、どれだけ自分の感性を出しきれるか、自己表現力だと思う。

取り戻せ、黄金の国・ジパングを

日本の今後について、多岐にわたって、問題点を取り上げ、今後の課題として皆さんと考えていきたい。

日本は国土も狭く、資源が少ない。そこで何を大切にしていかなければならないか？昔は黄金の国・ジパングともてはやされた日本である。狭いけれどすばらしい景観あり四季あり。島国で昔は鎖国をしていた時代もあった、他国の影響を受けにくい。このあたりを大切に考えると、まず第一次産業の充実であり、農業、林業、水産業に重点を置き安全な食物を作り、色々な余った食物を外国にも輸出する。その為には、今荒れている田畑をきちんと整備し蘇らせなければならない。研究熱心な日本人、これに力を入れればきっと新しい開発が進み、変わった品種の野菜、果物等も生み出されると期待したい。

まずは農業政策である。外国から輸入した食糧はなくし、安全面を考えると農薬等の過剰な使用問題もあり自給自足を図る。

土地についてであるが、北海道のスキー場等外国人にたくさん売られていると聞く。狭い国土を外国の人に売却するような事をしてはいけない。

アメリカのような広大な土地とは違うのだ。自分の国の国土の広さを考えよ。わきまえよ。日本の数少ない大事な財産である。

森を育てる。山の整備をし良い木材を育て、自国で必要な木材は生産できるようにし、林業の活性化を図る。法隆寺五重塔等日本を代表する木造建築に誇りを持ち蘇えらせる。竹製品等の活用策は、竹人形、竹かご、オモチャ、日用品等、プラスチックを使用している柵等も代替可能であれば自然に優しい木竹製品に切り替えていく。木炭、竹炭を生産し、料理以外でも活用方法を生み出す事で、山林の活性化にもつなげられる。

平気で田畑をつぶし、自然を破壊して、ドンドン住宅を建てている。これについても国で厳しい規制をし、農業に必要な田畑を遺さないようにしなければならない。食料を輸入に頼らない為の田畑の確保が重要である。

次に水産業について大事な事を一番目にあげておきたい。原発についてである。空気が汚れない、低コストときれいな事を並べ立てているが、福島の惨事をもう忘れてしまったのか。未だに増え続けている汚染水、薄めて流す事になっているが、海産物に大きな影響を及ぼす。ひいては私達の食生活に関わる大問題だ。これを繰り返す事で、日本人にガンや他の病気が急増する可能性もないとはいえない。使用済み核燃料の処理、海底に埋め続けているがどんどん増え続け置く場所もない。地震大国日本、地下でも何が起こるかわからない。こんな恐ろしい、生命を、地球をおびやかす原子力発電は、今すぐにでもやめなければならない。

日本の原発事故の惨事を見て、ヨーロッパの賢い国々（ドイツ、イタリア他等）は、早々と原発から手を引いているではないか。

狭い国土が、まわりの海が汚染され、今のままいくと日本の食糧がすべて食べられなくなっていく可能性が今後ないとはいえない。日本の政治家は、このような恐い原発を他人事としかとらえられない。先を見通す洞察力、おそろしさもこわさもわからないのか！　たくさんの国会議員がいても、ストップすらかけられない。

高齢化した大臣達、自分達の言動を国民皆が見ているのがわからないのか？　沢山の血税を使っているのに、進歩的な事は何もできない。政治家の世界にどっぷりつかり国会でショーをするのが仕事。

国の予算はマイナス成長の今でも、足りなければ巨額の国債を使って補っている。国会での討論にも出てこないこの借金について今後どうしていくのか？　国民の借金ばかり増やし、あちこち外国に迄バラまいてふくらみ、今や借金額は千二百兆円。今後この借金をどのようにして返していくのか？　これに対する見通しもないままに腐敗政治を続けるのか？　私はもう我慢できない。昔の高度成長時代とは違うのである。

先日の広島の原爆記念式典の件は何だ。人前で原稿を読んでいて、原稿がノリでくっついていたから飛ばした？　日本の総理大臣として情けない行為である。短い文でもいいから自分で考えて発言できるような総理でなくてはならない。これが総理の一番目の大事な仕事ではないかと思う。それだけの力がない人は総理大臣に立候補する資格はない！　官僚の撤廃を私は望む。

又、マスコミもマスコミである。このような恥を全世界にオープンにするのはいかがなものか？　国のプライドを落とす事がそんなに楽しいのか？　こういう節度のないマスコミに対しても厳重な処分が必要である。国力の低下につながるような行為は罰則を設け、それなりの処分が必要である。

又この後官邸から全文をマスコミに流し、お詫びにしている。これも又、恥ずべき行為である。官邸の力がそれだけ弱ったのかと思うと、私の政治家に対する落胆はまたひどく増大してしまった。

昔のような、資源の少ない日本が資源を輸入して製品にし輸出する、加工貿易の時代は終わった。全世界を見ても資源が枯渇してきて、あちこちで資源の争奪戦が起こり、アマゾンの密林が食肉用の牧場を作るために激しく伐採され、地球の温暖化に拍車をかけ、大きな問題になっている。

そろそろ日本も、外国に進出してお金もうけをすることから手を引いて、国内の資源や人材を見直し、育成していく時代に入ったのではないだろうか？

スイスへ旅行した際、テレビで流されたハイジの世界を夢見ながら訪れた。この国は観光で成り立っている国であり、景観を守り、くずさない事をとても大事にされている事を知った。例えば、無断で田畑を作ったりしないよう、国をあげて努力されている。面積が狭いので田畑が少なく、野菜類等はすべてフランス等の隣国に頼らざるを得ない。その為、トマト一個にしても、生産国の倍以上の高値で販売されている。又、オーストラリアは、安全な食料を維持する為に、水、空気、土地等の汚染につながる工業系の工場は一斉持たない。自動車工場も電化製品を製造する工場も認められていない。このように規制された環境の中で育てられた牛肉がオージービーフなのである。やはり、オーストラリアも自動車等すべて輸入しているので、自動車、電化製品等がとても高額になると聞く。

まだまだ諸外国においては、色々な苦労をされながら、国が成り立っている事だと思う。

日本は、スイスよりも国土が広くこれ以上にも、古い歴史、多様な文化、何よりも春夏秋冬の四季を通して変化する景観、四季のお陰で、その時期折々の野菜や果物が収穫でき、美しい花が咲き、山々も四季のお陰で新緑から紅葉、落葉へと変化していく。

こんなすばらしい国が他にあるだろうか？　景観を誇るスイスにも決して負けない重

みがある。いや、自分達みんなで重厚感のある日本に再生していかなければならない。日本は今後真の観光立国を目ざし、国民が総活躍して、すばらしい日本を、新たな黄金の国・ジパングを、取り戻していく。世界の中で誇れる、日本の存在を確かなものにしていく、これが日本の生きる道だと思う。

戦後70年を過ぎアメリカに頼らない日本を、そしてアメリカの真似をせず、真の意味での友好国として日本の個性や独自性を大切にし、アメリカにはないすばらしい日本を創っていくのが、戦争で犠牲になった先祖への報いであり、戦没者追悼の意味がここにある。

私は沖縄の基地問題にも触れておきたい。

沖縄は日本の最南端に位置し、南国のムードが漂う日本の誇れる県である。作物についても、バナナやパイナップル、さとうきびと南国独特の果物等も収穫できる。海には快魚ジュゴンが棲み、子供達にも夢を与えられるようなすばらしい県である。個性的な歌手や作曲家、タレント等が生まれ出ているのは、このすばらしい自然の中でたっぷり自然に浸り、感性が育まれのんびり学んだ教育の成果、賜物ではないか！

私は沖縄に友人や知人がいて、基地反対の大きなポスターも描いた事がある。

日本の数少ない財産の沖縄という国土を汚したり傷めたりしてはいけない。基地造りもすぐにやめるべきである。

戦時中、京都だけは歴史のある町として爆弾が投下されなかったと聞く。今後は、京都だけでなく、どの都道府県もすばらしい一つの日本として、各都道府県の特産物や文化、芸術、科学を掘り起こし、世界一大切な日本として大事にされるような国を目ざしたい。

この度、新型コロナウイルスの世界的流行により、国の医学の進歩度合がよくわかった。日本は医学が進んでいるとばかり思っていたがワクチン供与等アメリカの世話になった。アメリカに頼らなくてもワクチン位作れる医学の力を備えた日本を創らなければならない。アメリカに行かないと研究ができないような現状では無理である。頭脳流出を止め、日本の国策の一つとして一番目に科学者の育成を図りたい。

工業製品ばかり作って輸出するお金もうけの時代から、今後は国内を豊かにする、ジパングの威力を大にし世界から尊敬される日本にしていくのが理想である。その為には医学等科学者を生み出していく事は重要な課題といえる。

「美《うま》し国日本」とよく聞く言葉だが、名実共に美し国作りを進めたい。

アメリカの前大統領トランプ氏が訴えられていた、まず自国優先、これは日本にも当てはまる事で何ら他人事とはいえない。特に赤字大国ゆえである。外国、先進国で研究している日本人を日本に呼び戻し、日本で力を合わせて研究に没頭できる資金、設備、態勢、人材等を整えよ。費用の捻出は国会議員の撤廃である。

基地の縮小により無駄遣いをやめる。コロナ禍で浮かび上がったオンライン、リモート会議により合理化を図る。国会議員↓府会議員↓市会議員をリモートでつなぐ事によりすべての議員の削減にもつながる。マスコミ関係でも同じような番組ばかり放送しているテレビ局に関しても整理する。特に低俗な番組が多い局については廃局又は放送時間の短縮も視野に入れた見直しが必要である。原発がなくなった事を想定すると、電気の無駄遣いになる。

この他にも国民全員の自覚を促し、国民総活躍のすばらしい国創りを進めていかなければならない。

先程も述べたが、国会議員はいらない。

知事会を活用し、知事の中から大臣を選び出す。多くのお金を使う選挙は、知事だけで充分である。大臣が出た都道府県は副知事を2名にする。これからは、コンパクトな政府で、人間も一つだけの仕事に限らず兼務する事で人件費の削減につながる。昔の封建時代は信長、家康、秀吉も一人で判断していたのである。もちろん相談役はいたがこれだけの人数があれば、充分である。要するに質を優先する事が大事である。

国会議事堂は美術館、博物館等にし、日本の代表的な名画書籍等を展示する。歴代の天皇や総理大臣や有名な芸術家等や国技である相撲の横綱等も、展示できるとすばらしい。

日本には景観だけでなく、各都道府県の名所旧跡等も入れこんなすばらしい歴史、おもてなしの心を持ち、緻密な器用な賢い民族である事をこの中から感じとれるような展示にし、アピールする事が大切である。これが観光立国のアピールにも大いに役立つ。

政治・経済・年金問題

今の年金制度は、高度経済成長期（昭和）に作られた制度だと思う。年金の算出方法等、今後の日本の経済にも大きく影響する大事な問題である。日本経済も三十年近くゼロ成長、貯わえられていた年金用のお金も目減りし、少しずつ減額されてきている。それでもまだ世界の中では高水準の年金を受給されているように思う。

今の若者は仕事も不安定、年金は七十五歳以上支給されないとニュース等で問題になっている。今の年金受給者は、昔自分達で掛けた年金だからという思いもあるが、今後の日本を担っていく子供達の将来、つまり年金の事も視野に入れ、年金改革には一緒になって考えていかなければならない。自分達の経験から、七十過ぎての年金支給はどれだけ大変か、苦しいか。身体も思うように動かない中、仕事もなかったらどうなるのか？　こんな事を考えるのも、私達の子供に対する親心かもしれない。

年金の改革は喫緊の課題である。

今の受給者は目減りしたとはいいながら高額な受給をされている人が多いと見受ける。年金というのは、本人が働いて掛けた分に対して支払われるべきものであって、仕事をしていないのに多額の年金を受け取られている方が多いように思われる。そもそも遺族年金は夫婦の選択性というのは不平等である。農業従事者等の国民年金受給者は対象にならないではないか？　今のこのような不景気、巨額の借金をかかえ新しい産業も今後生み出せる状況があるとはいえない日本において、年金は大きな問題である。選択制はなし、もし遺族年金を残すのであれば一律金額か本人の年金額に対して比較的抑えた何割（一〜二割）という方法をとるのが望ましい。

ＩＴの盛んな昨今である。このような考え方でいくと、将来おおよその年金額はトータルでいくら必要か等、平均寿命も入れ算出できるのではないか？　若者の将来に回す年金額はないだろうか？　今の年金受給者の様子を見ていると、結構ぜいたくな生活をされている。仕事はしたくても仕事がない。こんな日本、裕福になっていくはずがない。日本の政治に大きな改革が必要である。教育論を中心に述べてきたが、政治経済にも早急な改革が必要である。

つけ加えるが、今後は一次産業従事者に重きを置き、年金額を上げて生活の保障をしていく事が重要である。この事で一次産業に従事していく人を増やしていかなければならない。

一次産業とは、農業・林業・水産業従事者の事である。

カジノの問題が出ているが、狭い国土の日本にカジノの必要はない。置くべきでない。美しい日本を守る為にはこのようなギャンブル誘致は環境、特に人的環境（子供や大人）にも大きな悪影響を及ぼす。乱れた日本を創り出す、美しい日本から外れる。ギャンブルする人の数は少ない。趣味がなくてギャンブルに走る人間をこれ以上増やしてはいけない。友好国アメリカに旅行も兼ねて遊ぶ位で丁度良い。

常に日本は歴史と品格のある国を意識しながら、新しい科学、芸術や先端技術、他国にはない独自性を大切にした産業、事業等を生み出す事が今後に日本の繁栄に繋がる、目指すべき道である。この人材の育成が真に教育、子育てに他ならない。

おわりに

私は団塊の世代。西暦一九四九年、愛媛県の奥深い山村で生まれた。その当時はオモチャ等もほとんどなく、もちろん遊園地もない。

山で木の実取りやワラビ取り、木登り等で遊んだり、川で泳いだり魚取りをする等、自然を介しての遊びが中心である。一人で川に泳ぎに行き、深場に行き足を下ろそうとするが川底に足が届かず、あわてて犬かきで移動し、犬かきを覚えおぼれずに済んだ。泳ぎの始まりである。こんな子供ながらに恐い経験もしながら大きくなった。

昔は何をするにも手作業で、家は農業だったので家族総出で稲刈り、高台の家まで背負い子を背負って刈り取った稲を何度も何度も住復して家に運んだものだ。お風呂を沸かすのも木を燃やして沸かす為、同じように山に行き、木や落葉、たきぎを背中に背負って運んでいた。家には猫やニワトリ、ヤギ、ウサギ等飼っておりこれ等の動物にもよく触れて遊んだ。春は田畑一面にレンゲの花や菜の花が咲き乱れ、家の裏山ではピンク色の山ツツジがとてもきれいだった。

このようなすばらしい自然の中で育った私は、誰にも負けない位の感性の持ち主である。

絵を描く。書にも親しんでいる。歌も好き、お料理も……お華も生ける。この年齢になってもまだ何でもしたい好奇心旺盛、してみようとする欲求にあふれている。

日本人の誰もがそうなって欲しい。特にこれから日本を背負っていく子供達に、私からのメッセージとして書いてみた。

今の教育のまずさから、子供達は自分に自信を失い、塾通いを余儀なくされ、楽しいはずの子供時代が勉強に追いまくられ、真の意味で有意義な子供時代を過ごしているとはいい難い。

子供達をもっと自然に帰し自由に楽しく遊ばせる方法はないのだろうか？　詰め込み教育の中で、今は賢いように見えるけれども、引き換えに大事な大事なものを失っていっているのに、お父さんやお母さん、先生、周りの大人達に気づいて欲しい。

受験戦争、偏差値等と点数づくめの生活で暗記力、記憶力のみの力、大事な感性、好奇心、想像力行動力等が失くなっていく。

今の大学生は大学は出たけれど仕事につけない学生が多いという。勉強ばかりしていて友達とのコミュニケーションが弱かったり、受験の勉強は広く浅くの傾向にあり、いざ仕事につこうとしても、自分の得意なものがない。再度自分の好きなものを見つけ技術をつけ直す、学び直すといった現実がある。

教育論で述べた通りの結果である。

統一試験の見直し、評価のウェイトを下げる。希望者だけ受験する等負担を軽くする事で、負担が軽くなり他への興味や好奇心等に目を向けられるようになる。学校単位の試験、つまり学校の地域性、独自性を大切にし、必要な学力に合った試験をしていく方が有効だといえる。特に都会の子供は感性がない。コンクリートに囲まれ、自然との関わりがほとんどないからである（『センス・オブ・ワンダー』レイチェル・カーソン著参照）。

そういった面でも田舎の子供はそれなりに感性を備えている。そういう子供までも統一試験に引っぱり出す事はない。田舎で感性を備えている子は、未来、科学者又は芸術的な芽を備えているかもしれないのである。そのような芽を、このような統一試験で摘んでいるのではないか。昭和のようなノーベル賞をもらった科学者や作詞作曲家も夏目漱石、文豪森鷗外や石原慎太郎のような作家も出てこなくなるという懸念である。

保育所、幼稚園、学校についても昔のような丁寧な教育がなされていない。暗記、暗記、テストで機械的な授業をする人が良い先生と思われる。父兄に節度がなく、先生に意見する。それだけ自分は完全人間か？　余程悪い場合は仕方ないが、このような教育現場を早急に改めなければならない。良い先生の基準がまるでまちがっている。病気になるのは強引に押さえつけられるからである。本当に頑張っている先生が次々と病気になったりやめていく事は大きな問題である。残った先生はこだわりもなく、事務的に仕事をこなしている人がほとんどで、感性がないからストレスにつながらず辞めなくて済むのである。こんな教育環境の中で良い子供が育つ訳がない。

先生は常に子供目線で、どの子も楽しく学ぶ環境（人的環境）になってやらねばならない。

決して上から目線で頭ごなしに叱るのではなく、教育者として常にどうしたらこの子が意欲的になれるのか、この子の力を芽を伸ばしてやれるのか先生自身が頭で考え関わっていく。この事が今の先生にはほとんどといっていい程欠けている。ここにも、子供が自分で考え行動できる力を止めている原因がある。

何度も書いてきたので、最後にしたいのだが、教育が及ぼす影響は無限に大きい。まず今後の素晴らしい日本を築いていく為には、教育にかかっているといっても過言ではない。もちろん、親の意識を変え、塾に頼らない教育を親自身も考える家庭教育、それから学校による学校教育、先生の質、自覚を、次に塾やおけいこ事、周りの大人達による社会教育、これらの人的、社会的環境が連携を取りながら一体となって子供の教育に当たりたい。

次に日本の政治であるが、もう国会は機能を果たしていない。日本は大きな負債を抱えているのに、政治家は平気で金をバラまき、この借金の行方さえ考えていない。日本の財産はこのたくさんの人数がいても何も見えてこない国会、コロナの対応みたいな物に追いまくられている。この程度の事はどこかの機関に任せてもできる事だ。

議会制民主主義がなくなっている。与党は常に野党との協議を充分しながら、より良い方向に導いていくのが、議会制民主主義のすばらしさではないか？　本当に議論するべき内容のものも、与党の人数で内閣の閣議で強引に押し通す。

この度の安倍元総理の国葬について又良い例が出てきた。これは、日本の国会で討論するべき大問題だ。安倍元総理を国葬にするのであれば、今迄の総理経験者も皆、国葬に値するのではないか？　長期政権とかの問題ではない。中身の厚さである。外交に力を入れてこられた割には国内にその実績が返ってきていない。内政はほとんどこれといった改革も業績も見られず、景気の低迷により三十年もゼロ成長、私の期待する教育改革も一斉なし、教育者の質の低下や不登校問題、学力の低下、原発事故の後処理も充分でないまま、再稼働を早々と進めている。ヨーロッパの国々の中にはこの惨事を白国の事と受けとめ、原発を廃止に踏み切った国もいる中、本当にこれでいいのか？　国会は本来、それぞれの政党や議員が自由に意見を表明し、討議を経て、妥協点を見出していく場ではなかったか？　大部分の法案は、無修正で国会を通過している。ただ数の力だけで、審議なしの内閣の閣議だけで決定している。狭い範囲の狭い人達の中でこれが国力の低下につながっている。野党はたくさんの違った思想や考えを持つ党であり、反対されてもそれなりに大切な理由が含まれている。与党だけの狭い考えに終わらず野党の多様な意見も視野に入れた判断が望まれる。それがひいては日本の国力につながる。今問題になっているコミュニケーション能力が落ち、討論するだけの力量すなわち発言力思考力もないのだろう。国民の一人としてこの国葬についての政治討論が聞きたかった。

最近よくアメリカの政治家について関心を持ち活躍ぶりを目にするが、アメリカは日本と違って、政治に対しても先進国で、女性の活躍が目立つ。女性というのは男性と違って物事を多面的にとらえられる性質を持っている。その辺りをうまく活用できているように思う。日本の場合、まだ男尊女卑の感が残り女性を軽視する傾向がある。日本のあらゆる面での遅れはここからもきている。ヨーロッパの国の中では閣僚の半分が女性といった国もある。男性は理的な考えで考え方が狭い。女性は情の考えが強い。ユングの教育論に述べた通りであり、今後の女性ののびやかな広い思考力、行動力、発言力なくして日本の成長はなしと考える。私は職業婦人としてここまで来るのに本当に厳しい苦しい人生であった。もう少し、女性が外で活躍し、女性の力が発揮できるようになる事が日本の政治はもちろん、国力に大きく寄与するとの結論に達した。

私が生きてきた長い人生の中で私は紆余曲折を乗り越えて、ここ迄来た。厳しい、苦しい、だかやり甲斐のある人生であったと思う。

そんな人生の中から、皆さんに向けて、こんなメッセージを贈れる事に、感謝と感激の気持ちでいっぱいである。より多くの方々がこの私のメッセージを自分のものとして理解し、すばらしい教育保育（子育ても含む）が進められる事を切に希望する。

それと同時に、日本の政治改革により、教育が生かされ、日本の環境に添った一億人総活躍、一人ひとりの個性が生かされ、満足した人生（日々）が送れる事、それが私のこの本を書いた目的である。

出版に当たっては、幻冬舎の大きな協力と、妙浄寺住職であり文学学校の先輩である丸山博大氏に多大な応援を頂き初めての出版に至った事に感謝している。

参考文献

○『心理学教科書』滝野匡悦・滝野伸子、浪速短大

○『センス・オブ・ワンダー』レイチェル・カーソン、１９９６年、新潮社

○『センス・オブ・ワンダーへのまなざし　レイチェル・カーソンの感性』
多田　満、２０１４年、東京大学出版

○『子育て名言集／子どもは育つ』北畑英樹、１９９７年、中央法規出版

○『遊びが学びに欠かせないわけ―自立した学び手を育てる』ピーター・グレイ著、
吉田新一郎訳、２０１８年、築地書館

○『日本の国会――審議する立法府へ』大山礼子、２０１１年、岩波書店

〈著者紹介〉
板倉 妙（いたくら たえ）

1949年　愛媛県三島村生まれ
1955年　三島村立三島小学校卒業
1964年　三島村立三島中学校卒業
1967年　愛媛県立北宇和高等学校普通科卒業
1967年　東京、大阪で会社員
1974年　寝屋川市職員として保育所 保母
1993年　浪速短期大学通信教育部保育科卒業
仏教大学通信教育部保育科教育学部入学、中退
2019年　文学学校入学　執筆活動始める
2021年　大阪芸術大学美術科通信教育部
絵画を中心とした個展を開く（市民ギャラリーにて）
水彩、油彩、水墨、絵手紙
2022年　京都芸術大学通信教育部美術科入学、日本画専攻
在学中

保育《ほいく》教育《きょういく》現場《げんば》と
私《わたし》の人生《じんせい》からみた教育改革《きょういくかいかく》

2023年2月15日　第1刷発行

著　者　　板倉 妙
発行人　　久保田貴幸

発行元　　株式会社 幻冬舎メディアコンサルティング
〒151-0051　東京都渋谷区千駄ヶ谷4-9-7
電話　03-5411-6440（編集）

発売元　　株式会社 幻冬舎
〒151-0051　東京都渋谷区千駄ヶ谷4-9-7
電話　03-5411-6222（営業）

印刷・製本　中央精版印刷株式会社
装　丁　　加藤綾羽

検印廃止

ISBN 978-4-344-94286-8 C0095
幻冬舎メディアコンサルティングＨＰ
https://www.gentosha-mc.com/